第一辑
山水间的风光

在鲇鱼山读湖

一

单从情感上来讲，大多数商城人是不愿意把鲇鱼山水库读成湖的，那不仅仅是个习惯问题，更是一种继承，也可以说是沿袭。因为，他们的父辈或是祖辈，都为修建鲇鱼山水库立下过汗马功劳，这曾经让他们因此而感到骄傲与自豪，还有的成了他们话语权的资本。从他们那一辈起，就认定是水库了，说是亲切也行，说是传递也罢。总之，他们就是改不了称呼。就像孩子的乳名，叫惯了，要改成学名，还真是有点拗口。

至于我，也是这样认为的。是因为，打小我就听说，要在鲇鱼山修水库，可那时年龄太小，不能去看，更没有能力去参与。只是听大人很乐意地谈论这件事，都说，有热闹的场景，有新鲜的事情，有说不完的话题。于是，我和我的那些小伙伴就产生了向往和期待，心想，有朝一日我们会看到大水库的。不过，在当时，我们也只能偶尔听一听运石子小火车发出的那长长短短的鸣笛声。可那声音像挠痒痒，挠得我们的心更加痒痒了。后来，我们就去想象，想象那些人流、车辆、机械，还有将来要比池塘大出很多很多倍的水库。

表叔是村里第一个赞成修水库和第一个参加的人。那时他年轻，有朝气、有活力，村里的公派任务，大都是他带队去完成。

所以，在他的身上，新闻多，故事也多。表叔说，修水库是件好事，可以造福很多的人。但我们当时没有看出好在哪里，只是看到表叔因此而带回来了表婶。这件事，成了村子里最富传奇的佳话，也成为水库工地上的佳话。

1970 年 3 月，水库刚动工时，表叔就去了工地，不久就被选为突击队的队长。一般情况下，难度比较大的活，都由突击队来负责。一来二去，凡是遇到困难了，大伙都会想到突击队。所以，表叔在工地上是很有名气的。

第二年开春，表婶从另一个村子也被派到工地。谁知，表婶是个要强的姑娘，事事都不愿落后于别人，最终也被选到突击队。他们两个的结合，是从认识、友谊、不服、互帮、友情到相爱而成的。最多的时候，表叔是负责抡锤，表婶则负责扶钎，两个人配合得恰到好处，可以用天衣无缝来形容。没想到，表婶的这一扶钎，竟从工作上扶持到表叔的生活里。

更没想到的是，在一次爆破过程中，出现了哑炮。等待了好长时间后，表叔才去查看原因，就在表叔走近的一刹那，炮又响了。

表叔在家休息三个多月后，还要去工地。村里不同意，表婶也不同意。最终表婶让了步，就嫁了过来，日子才算趋于稳定。

可 1973 年水库竣工后，表叔家又面临迁安，不仅我们村子的部分田地在迁安范围内，而且表叔家的房子还在洪峰淹没区。当时家里人不想迁走，说祖祖辈辈都住在这里，怎么都不肯背井离乡。有人帮表叔出主意说，你是村里的劳动模范，应向村里申请一下，是可以搬家不迁安的。

表叔思考再三，最后，还是迁安走了。可这一走，就永远淡出了水库的范围。

至于，把水库称为湖，我想，该是个时间的变化和审美取向所决定的问题。在辞典里，有这样的解释：水库，一般是指"拦洪蓄水和调节水流的水利工程建筑物"。就是说，在短时间内，水库是起着暂时调节的作用，随着时间的久远，会发生一些根本性的变化。湖，古人则是指，水面长满胡子般水草的封闭水域，有美好的自然景观。而鲇鱼山水库正是这样，在时间的长河里，已完成了自己的蜕变，实现了湖的雏形。

由此可见，是有必要把鲇鱼山水库改称为鲇鱼山湖的。

二

对于鲇鱼山湖，我有太多的感知，这不光是我家住在湖头的城关，我工作的地方在湖尾的温泉旅游区，每次来回都在湖水之间的缘故。而且面对 38 公里长的水域，924 平方公里的控制流域面积，让我真正地感受到了它的博大与秀美。可以说，每一次的亲密接触，都让我有不同的发现、不同的收获。从另一层意义上来说，我是行走在风景里，穿梭于美丽中。

鲇鱼山湖最美的时节，当数春季。这个时候，湖水恬淡、寂静，一般没有太大的风浪。经过一个冬的沉默之后，湖面开始稍稍有些细纹，其状，像湖露出那浅浅的微笑。

有一次乘船，我看见一位母亲带着一个小女孩，坐在船的窗户边。母亲在那儿看山间率先苏醒的青草、树木，以及各种花的盛开。而女孩一直在看我，她的头和脖子上都系有红色丝巾，面庞自然显得很红润。可能是我坐在船头，且不断活动和张望的缘故，就吸引了她的目光，不时地，她还冲着我笑。

她母亲说，她们就住在这附近的村子，是为数不多的留守人员，现在的任务是保护好湖区内的植物不受到损坏。你看，随着湖区内人员的大部分迁移，和近乎是封闭式的管理，才使这湖四周的植物不断地茂盛了起来。

我们聊了许多，在湖的湾水处，她们母女下了船。当时，那里没有风，也没有波，是一处静静的港湾。不远处，我偶尔见到有水花出现，再看时，发现是一只水鸟，从水面上完成一个优美的捕鱼动作时，留下了一溜水涡。

　　告别她们母女，我们继续前行，感觉在春季里行船是最富有诗意的，因有淡淡雾气的相伴，加之静如镜面的湖水，船从水上行走，几乎是不留痕迹的。船走出很远，可我感觉基本没动，一个不经意的回首，我一下看见她们母女还在岸上挥手。那一刻，我像是看到了一幅山水画，船在画里，她们也在画里。

　　其实，我是比较喜欢夏天这个季节的，因为这时可以划一叶小舟，在湖的一个角落随意冲浪。当小船划到湖心时，从船的尾处或是船头处，一下跃入水中，做一个自由自在的浪里白条，那种惬意如鱼一般爽朗与畅快。

　　但是，夏天雨后的湖水，是不能随意接近的。其原因是，由于山洪的涌入，湖面荡漾，湖内奔腾，湖水存在着许多不确定的因素。

　　记得有一年夏天的一个下午，我急着去县城办事，坐上了最晚一班船到大坝。刚上船时，天气还好好的，没想到中途就下起了雨。大家都想，夏天的天气，像小孩的脸，说变就变，也许一会儿就没事了。

　　可是，雨没有停下来的意思，一直没完没了地下，且越下越大。这时我们开始担心，如果船掉头的话，其距离比到大坝还远，要是停靠在湖边，周围没有住户，也就没有庇护的场所。加之，天色又暗淡下来，大家商量的结果，只好鼓励船老大继续行驶。

　　谁知船缓行一段后，湖面上忽然刮起了大风，接着又下起了瓢泼大雨。顷刻之间，风裹着大雨，掀起大浪，反复多次地向我们袭来。不仅让我们不能前行，雨水还打湿了我们的衣服。在万分危急的情况下，船老大几经努力，好不容易才把船停靠在岛边。于是，我们一边躲雨，一边赶紧排出船里半舱的积水。

　　好在半个小时后，雨停了下来，风也小了许多，我们这才慢慢地脱离险境。不过，从那惊心动魄的场面中，让我看到了鲇鱼山湖水性格的另一面。

　　秋风中的鲇鱼山湖，不是以它丰腴的美征服了我，而是让我读懂了油画里的色彩。过去，我总认为油画太过麻烦，密密麻麻的油彩布满整个画面，让人感觉有些透不过气来。而鲇鱼山湖两边的高山、丘陵，经过季节的孕育，把色彩变得十分地丰富，那里有深的、浅的、淡的，还有绿的、黄的、橘的、红的等等，它们或成片出现，或成垄出现，或交替出现，所孕育出的多姿与厚重，使我这才真正理解了：油画用层层叠叠的涂抹手法，是想达到斑斓的色泽效果。

　　冬日里，整个鲇鱼山湖都安静了下来。没有涛声，没有浪语，就连一只鸟都懒得飞过湖面。这时的舟，大多都停靠在码头或是渡口，然后主人收走桨，让舟身与湖水一起过冬。

　　一场大雪飘过之后，湖就进入了童话里的世界。原本，雪是想以最大的能量掩没一切，但对于鲇鱼山湖，它没能如愿。因为，鲇鱼山湖以足够的热情让雪退避三舍。不过，雪与湖好像已达成了默契，于是，就彼此相望，彼此守候。

　　去年的冬天，一位文友的书出版发行，要在湖边的汤泉池举行首发式。偏偏天公不作美，就在头天夜里下起了大雪，第二天早上我们都傻眼了，铺天盖地的大雪挡住了我们的行程。因为时间、地点、人员是早已定好的，所以，我们只能艰难地、一点一点试着前进。最后，还是战胜了困难，首发式如期举行。

　　当我们参加完首发式，慢步走向湖边的"农家乐"就餐时，竟发现那里挂着一串串大红色的灯笼，那一情景，不仅一下敞亮了我们的心境，同时，也丰满了冰天雪地里湖的景象。

三

　　一直就有一个想法，就是看惯了鲇鱼山湖白日的美景，没有很好地读到其夜晚的静谧，这已经成为我的一个遗憾。前些日子，有朋友相邀，说是在月圆的时候，一起去鲇鱼山湖望月。我很快就答应了，心想，这或许是夜读鲇鱼山湖的一次良好机会。

大家最后形成的一致意见是，把场地定在鲇鱼山湖的大坝上，时间定在八月十五。可到了那天，事不凑巧，不仅没了月色，而且小雨涟涟，后来，就成了想月兴叹了。

还好，十六日天从人愿，且月明星隐。

选择坝上望月，原本是想，可以登高揽胜，放目远眺。我们都期望能让思想不断攀升，让精神得到更好的愉悦。

大坝，是鲇鱼山湖的主坝所在地。因近些年来一直加固不断，所以使层高和泄洪落差都十分壮观。

当初，望月之声，起于论坛。一帖发出后，响应者众多，那种热情劲足以压倒坝上略带些刺骨的凉风。可当一行十余人甩掉许多包袱，来到坝上的时候，迎接我们的不是满月，而是丝丝的寒意。那轮圆月竟隐到云层的后面，并不去考虑我们的感受，好像是在和我们玩起了捉迷藏。

等待似乎有些漫长，但对于有准备、有心计的人来说并不难耐。我们带来了啤酒和食品，不管是吃月饼或是煮酒论英雄，都显得十分从容，在忘我的时候，还做出了举杯邀明月的姿势。

一会儿的工夫，天上的云层淡了下来，那些厚云和薄云相继隐退，留下的就是洁净的月色。

不知是距离产生了美，还是空旷才有了高远，在坝上望月总能让人富于联想。天上的月亮遥远而朦胧，加之淡云和薄雾的侵扰，让人感到隐匿或者不可企及。那种状态没有山坳上那月上柳梢头般的清秀和静谧，也没有大海里浴光月那样的水灵，更没有大漠月的幽深和清冷。

有的只是高远和容纳。我喜欢登高遥想或振臂一呼的感觉，这样望月可以爽朗思绪，也可以透彻心扉，使人在不觉中涌起坦荡。

从坝上望去，高悬的月下，有湖泄的余水和水上起的细烟。虽然没有星点的渔火，却有城市散流的光耀着。现代文明总是能创造奇迹，那些霓虹灯的闪烁，不知是平添了月的光色，还是在彰显着自己的魅力。

不过此时的月，并不去计较彩色灯光的争宠，而是尽量去躲避那浓云、淡云和流云的侵扰。因为月亮相信，自己朗照的时候，一切物质都会暗淡下来。

奶白色的月光照在我的身上，亮亮堂堂的，让人感到连思想都不会留下瑕疵。就这样安静地沐浴在月光里，心，简单、通透、敞亮。

月光此时正好，前面没有一丝的游云飘过，那倾泻的银光都洒在身上、坝上。

我站在湖中的亭边，凭栏看湖上的月色，想读懂此时的湖泊。只见清清的月光照在水面，没能看出水中的倒影，因为那山霾和水汽腾起的薄雾罩在湖面上，使其有了一层淡淡的氤氲。

这个时候，没有波光，没有狗吠，也没有行走的小舟，就连停靠在坝边的船只，都熄了灯的身影。除了远处灰蒙蒙的山岚外，那就是在月光下有一湖像处子一样的静水。

如果不去仔细分辨，是分不出浅山、丘陵和水上低雾的，总的感觉是，那水面上连着的青灰，像丹青一样悠远和深邃。要是你懒得去探究的话，那么看上去就是月色晕染出的一层浅白色光芒。

有调皮的网友往湖里扔了一块石子，湖中立刻溅起了水声。那声音打破了湖的静寂，让湖不仅有了波纹，而且有水珠跃起。令人惊叹的是，水珠上伴有雾气，雾气中散着淡淡的月光。

开始我并不相信有这样的功效，当我试着再投一石后，就明白了一石激起千层浪这句古语的蕴意，不过我需要补充的一点就是，浪中还裹着星点的月色。

歌声是稍后于月朗而嘹亮的。不知是谁还带来了小型的音响，伴奏自然就变得圆润而纯真。结果，月儿和湖中的雾气，就乘上了音乐的翅膀。

　　自古以来，月亮都是一个"情"字的化身，无论是友情、亲情还是爱情，它们都情牵月色，情寄圆满。难怪有月下老人的金线，会使那么多俊男靓女都成了情感和缘的俘虏。

　　"人攀明月不可得，月行却与人相随""不向东山久，蔷薇几度花。白云还自散，明月落谁家""寒沙蒙薄雾，落月去清波"……唐朝的诗歌解读今日的满月，我想逊色的该是诗的意境，皎洁着的依然是不老的月光。

　　歌是从《十五的月亮》唱起的，到十六圆的时候，就有了和声。不过最具情怀的那就是《透过开满鲜花的月亮》了。

　　都说舞是歌的影子。到动情处时，那些女网友的身姿自然翩跹起来。虽然没有长袖舒月那种多情，但对歌的向往、月的诠释、湖的深情，陶醉了的，不仅仅是月光、湖水，同时也有我们自己。

四

　　应该说，让鲇鱼山湖变得灵动的，除了水里的鱼外，那就是岸上的鸟了。而对于鸟，我没有过多的交集与想象，是属闻之而过，处之淡然的那种。

　　可偏偏是一组鸟的照片俘获了我。

　　那天，在本地论坛里浏览，无意中看到鸟的组照。随之，鸟就在我的脑海里鲜活起来。那里有鸟的飞翔、鸟的流动、鸟的嬉戏、鸟的舞蹈……没想到，这些景象印在脑海里之后，怎么挥都挥之不去。索性我就读完了所有的照片和文字，这才知道鸟就活跃在鸟岛上，鸟岛就在距县城不远处的鲇鱼山湖旁。结果，探寻鸟岛，就变成了顺理成章的事情。

　　其实，鸟岛不大，仅 0.5 平方公里左右。且三面傍水，一面依山。岛上除山鸡和野兔外，基本上没有其他较大的动物。

　　好在鸟对我们的到来并不反感，依旧在那里悠然、安详地生活着。从它们自如的神态中，我能看出鸟儿们没有一点的受惊或者恐惧，这才让我们心安理得地安下营寨，夜宿小岛，做一次鸟的邻居。

应该说把我们的印象引向深入的是那晚归的鸟阵。你看，那些鸟竟踩着夕阳的余晖，以"人"字状一字排开，从对面的湖心岛，抑或是浅绿色的山峦飞起，驮着晚霞的红光，贴着宁静的湖面缓慢飞来。不知是暮色让鸟有了灵性，还是鸟让湖光更加舒缓。总之，这时的鸟正好印证了"落霞与孤鹜齐飞，秋水共长天一色"的境界，所不同的是，鸟是阵飞而已。

让人过目不忘的应当说是那双灰色的鸟。它们是双双飞翔的，无论是在空中的翻飞，还是在水面上的滑动，都是上下而行、展翅同飞的。这时最容易让人想到的该是"双宿双飞"和"在天愿作比翼鸟，在地愿作连理枝"的诗句。现在想想，那诗中的意境和现实中的鸟真的很像。

要说最富有诗情的就是那些最爱表现、最爱活动的鸟。它们在归岛之前，或在空中来一个大的盘旋，或在岛上来一个俯冲。结果，引得众多的鸟一齐奋飞。那种景象让我们想到的不仅是音乐的划痕、诗意的磅礴，同时还有那流动的韵律与和谐的美感。

清晨的鸟是齐歌共舞的。当晨雾如纱般罩着鸟岛时，只有那鸟声入了我们的耳鼓。当晨纱如飞絮般飘落之后，我们就开始看到了鸟的共舞和萌动。

据估计，岛上有鸟千只以上。大都是那种白色的鹳鸟，也有其他颜色的鸟种。它们在岛上相融共处，繁衍生息。

在这里我对舞蹈二字有了新的理解。

那是鸟的舞蹈。舞台是松枝、柏枝，抑或是杉林。布景是如幔的晨雾。劲舞是众鸟相互嬉戏、相互向上、相互交融的场面；轻舞是一只或是两只鸟落在怎么站也站不稳的松针上，然后是那种弹、那种跃、那种奋力又飞起的情景；独舞可能是鸟儿们活动活动筋骨了，那纤纤的长腿轻轻地踩下去，又轻轻地收起来。间或有站不稳的鸟，就伸出一侧宽大的翅膀在空中摇着。像是在保持平衡，也像是在炫耀自己的身姿。最不可思议的是那展着双翅的鸟，总不落在枝头上，或一只腿落在枝头上，在那儿炫、在那儿跃、在那儿舞。当我把随身携带的望远镜头移向那鸟的下方时，这才看清，原来有两只小鸟在巢中伸着头望呢！

看到此时，我突然想起生活中的那句"人为财死，鸟为食亡"的民谚来。可眼前的一切，让我对这句民谚产生了怀疑。我们不仅没有看到鸟儿们那疲于奔命的一面，相反，我们看到的是鸟的清雅、鸟的悠然、鸟的自得。

与鸟相处真的很好。最起码它让我们的思想得到放松，精神得到愉悦，从中还带给我们许多的回思和回味。我想，从最简单的想开去，回思的该是鸟的生存状态，回味的则该是鸟的生存方式。

五

说实话，鲇鱼山湖没有让我完全读懂的，不光是湖光山色、鸟语花香，还有湖里的鱼。这里除了四大家鱼外，还有许多的地方鱼种，最具代表性的就是商城的"红梢"（当地的一种叫法，类似刀子鱼，因有红尾而得名）。不知是何种缘由，这鱼唯独在鲇鱼山湖时尾是红的，有人说是地域的原因，可附近铁佛寺湖同样的鱼就没有红尾。也有人说是湖下可能有矿物质的缘故，才导致尾红，但此说无法考证，至今是个谜。

可以确定的是，这鱼味道鲜美，口碑极佳，是商城的一道上品的菜肴。每每有远方的客人到商城来的话，必备的菜谱就有：筒鲜鱼、鲇鱼山鱼头、红烧红梢、四喜鱼丸……

红梢是吃小鱼小虾的鱼种，在鱼群当中属比较凶猛的一类。这种鱼不可以人工饲养，它出水就死，其最大的特点是肉质细嫩、入嘴即化、口齿生香。据说，南京等地曾有人在收购此鱼，然后充当长江刀子鱼上桌。通常，人们在钓这种鱼时，不用饲料和蚯蚓之类的诱饵，只需在钩的四周系上羊毛即可。在水中，红梢以为游动的羊毛是小鱼，就会一口咬了上去。

记起第一次用羊毛钩钓红梢，还是我在温泉旅游区工作期间，当时有一位名叫吴一友的外地度假者在温泉疗养，他是一位典型的钓鱼发烧友，其痴迷程度可以用忘我来形容。

来到温泉旅游区疗养后，面对鲇鱼山湖这么大的钓鱼场地，吴一友十分欣喜，他先是尝试用所有的鱼钩钓鱼，后来他又从老家那里带来了一条长长的羊毛钩。这钩的特点，是用一条较粗的白色尼龙绳作为缰绳，缰绳上设有用泡沫做的浮漂，然后在每隔一米左右的地方系上一截吊钩，钩上缠住羊毛，之后把羊毛钩放到湖里拉着走。

那天，吴一友见我没事，就积极鼓动我与他一起去用羊毛钩钓鱼，并说这是两个人的活，只有互相协作才行。可能是看到羊毛钩很特别，也可能是吴一友的诚挚邀请打动了我，总之，我成了他的帮手。

我们借了一只小船，划到湖的中间后，就把羊毛钩下到水里。说来真想不到，那些红梢像是很听召唤似的，这边钩刚下水不久，那边还有一半的钩在船里，可立马就有红梢咬了上来。我们只好立即摘鱼，由于是首次下水，加之上钩的红梢个头比较大，且是一群上来的，所以让我们真的有点手忙脚乱。见我拉起缰绳，绳的钩上有四五条红梢在荡漾时，坐在船边的吴一友就伸手去抓，没想到他的身体因此重心失去了平衡，一个仰面就落在水里。只听他"哎、哎"两声后，就喊出"我——不——会——水"。

几经努力，我才把吴一友救上岸，从他当时的表情上看，他似乎受到了严重的惊吓。后来，每当想起这件事时，就觉得不可思议，这样一位超级的钓鱼发烧友，居然不会游泳。现在想来不仅有趣，还真有些后怕。

　　然而，让我心里记住鲇鱼山湖鱼的，则是一位摄影老师的一组鲇鱼山湖大规模捕鱼时的丰收照片。那些画面中，有圆圆网漂组成音符的，有小船拉开围网的，有鱼跃人欢场面的。印象深刻的是，合网的那一刻，一些渔民手拿长把的兜网，从围网里将大鱼网起，随后向船舱里抛鱼的过程。那情景，像农人秋后晒着自家谷物扬锨打场的景象。从照片中可以看出的是，一位渔民扬起的是惊奇，另一位渔民则扬起了满心的欢喜。

　　如今，每逢走在外地，不管在哪里吃鱼，总是吃不出鲇鱼山湖鱼的那种口感。究其原因，我想，除去鲇鱼山湖那纯净水质的因素外，缺少的，或许是家的味道。

与一座城市的对话从公园开始

题外的话或者是引子

总喜欢享受一个人的时光，我知道那不是封闭、孤独和宅男的表现。因为在这样一个快节奏的时代潮流中，留一些私人空间是非常难得的，更何况没完没了的物欲和诱惑，总是让人疲于奔命的。好像是流淌的时间把人带入了波澜壮阔的长河，你越是随波就越容易逐流。

我明白这不单单是欲望所致，也有许多生活中的无奈。譬如为一个职称所引起的困顿、为一套房子所付出的辛劳。往往很多时候是不会让你闲下心来的，于是许多人就像蜗牛一样，慢慢地向前行着。

并不是所有的人，都能看破红尘，身在其中的人，都说自己是一个路人，只有当你真正静下心来以后、只有当你退下来的时候，才发现原来我们都身在其中。

真的，当你偶尔止住脚步，留一些私人空间的时候，就会发现生活中有很多奇妙的事情、有趣的事情和愉悦心灵的事情。

而我静下心来，总喜欢思考、阅读与分析，我把这些统称为对话。常常与古人对话、与今人对话、与一首诗对话、与一幅画对话。渐渐地，我就养成了一种习惯，凡是撞击我心灵空间的东西，我都会与之对话，比如说这座城市，比如说这座城市新建的一座公园。

对于城市，每一个人心中都有一个自己的概念。无论是大城市，还是中小城市，只要是你身边的城市，我相信，你就会发现，近些年来它们都发生了天翻地覆的变化。这是一个事实，是一个记录，也是一个见证。因为新城市已经实实在在地呈现在我们的面前，它不光温暖了我们的眼睛，舒适着我们的生活，同时也让我们享受其中。

城市的扩展，让我们的生活空间和思维空间都发生了很大的改变。随着城市的发展也就有了许多的融入和吸纳，这就让我有了新的对话形式。这不，这座新建的城市公园就成了我新的对话对象。

路通向我们心灵最柔软的地方

看上去，公园不是太大，估计有三四平方公里的样子。我知道，这是过去的土山岗和将要废弃的小水库连片建成的。随着城市的框架拉大，这里就自然而然地成了城市的空间。好在有山与水的雏形，有城市决策者们留给市民一片山水和绿地的设想。结果，公园就成了市民心目中最理想的场所。

刚刚建成并免费向市民开放的公园，一下吸引了众多人的目光和身影。遛弯的、游览的、跳舞的、晨练的人，潮汐一般来到这里，仿佛这里一下成了市民心灵的港湾，泊在这里的每一颗心都能找到归属感，或疗伤，或自慰，或愉悦，或畅想。总的看来，有这么大一块已经绿化、已经美化的场地，在这寸土寸金的城市空间内确实是十分难得。

我徜徉在公园小路上的时候，还在感叹，公园不仅带给我们欢快和享用，也带给我们很多的讯息，这讯息里有着诸多的内涵，有情感方面的，有经济方面的，也有生活方面的。

通常来讲，路是我们通向目的地的途径，我们会在路上奔跑或者穿越。只有快速地行走，才能尽早地到达理想的彼岸。偏偏就有一种路，让你不愿迈开大步，情愿用更多的时间去观察、去欣赏、去领悟，这种路就是公园里的路。

公园里的这条路就在我的脚下延伸，我的脚步迈得很慢，说是在行走，不如说是在踱步。其目的只有一个，那就是享受。有些时候，过程比结果更重要，不劳而获的果实，没有亲自摘来的有滋味，因为快乐本身已在过程之中了。

脚下的这条路是公园的主道，是沿山和湖而建的。道上铺的全是沥青，走在上面感觉松软而又坚实，这样就少了钢筋水泥路面的强硬，多了让人惬意的舒适。

路的两旁都设有水槽，这样即使是有雨水冲来，也不会冲在路面上，使路面始终保持干爽。路的左侧是小山，山上种有成片的花、草坪和树。路的右侧是湖，湖边种的多数是五米多高的柳。

不是说公园所有的路面都是柏油路，只有这条主路铺上了沥青。而其他的路各具特色，从这一点上看，也是公园最具人性化的地方。你看，那条通向小山凉亭的路是用石板砌成的，拾级而上时，我们需要的就是踏实和坚韧。这也像人生一样，每一步的攀登都需要勇气和力量，所以这样的基石是需要牢固的。

当我们来到山顶向四周看时，可以看出每一条路的各不相同。有大石头垒成石步型的，有鹅卵石铺成图案型的，有青砖组成条纹型的，有木头铺设成木条型的。每一条路的铺设，都能让人有一个惊喜和发现，这些发现容易让人过目不忘，因为它们有一个共同的特点，那就是这些路已铺设到人们的心灵深处。

桥已不再是承载的主体

公园里最引人注目的该是那些桥了。说到这里，好像有人要问，桥应说是几座，不该用那些。说实话我是不知该如何用词才好，只能含糊一些说了。

连接金穗路与公园小山的跨湖桥是一座明桥，它也是公园的东大门。这座桥再普通不过了，普通的墩和柱，普通的栏杆，让人的第一感觉就是自然。行在上面时你就会想，这里该是有一座桥。另外就是湖尾处有一座石拱桥，那是湖尾处为防小山上流水而设的，目的是避免山上水冲毁路面。再者是公园后山上利用排水沟建的桥廊通道。说是通道，不如说是一处景致。那是一处游览的场所，也是公园一处标志性建筑，一处休闲式的建筑。

有了明桥，就该有暗桥。可说是暗桥，确实有些不妥，说实话我也不知该叫它什么好，权且叫它栈桥吧！栈桥一说，是我的理解，因为它少了桥的许多特征，比如桥拱、桥栏和长长的通道等。我所说的栈桥就是那五处伸进湖水中的桥，说严格一些就是水上的建筑。那些桥只有水泥桥墩和用木条铺就的桥面，桥不是长方形的，而是椭圆形的，桥面很大，像是五把扇面深入水中。这也是让人们临近湖水，享受水天一色的乐园和最佳去处。

站在水面的木桥上，感受微风、水韵和踩在木条上的响声，那种感觉真的很美妙，像是在音乐厅里听一首关于水的乐曲。忽然我一下理解了悉尼歌剧院建在水上的理由了，因为建筑本身就是水上的音符。

对于桥，人们的思维习惯，是从赵州桥开始的，到后来的南京长江大桥和东海大桥，以及数不清的吊桥、浮桥、铁索桥等。那些桥都是作承载、沟通和连接用的。而公园里的桥是一种摆设，是一道风景的所在地，它们不单单是承载，更主要的是对公园的一种修饰和展现。像是美人头上的发卡或是簪子一般，就那么轻轻一拢，不管是有意还是无意，都能恰到好处地露出美的造型。

从表面上看，公园里的桥是很普通的。但是，有了树、花丛、绿草坪和水的呼应后，桥就生动了许多，浪漫了许多。这时最容易让人想到的或许是江南，走在水乡里，那个关于桥的故事也会慢慢地生动起来。

这个时候我就在那儿想，这座城市或者是公园里的桥给我什么样的启示呢？是不是在说，承载也是连接，沟通就会丰富和多彩呢？

我清楚，每一个人的心里都会有一座桥，或是高大的，或是精致的，或是美好的。但桥的彼岸，该是什么地方、该是何种状况，我想只有抵达后的人自己才会知道。

竹子进城啦

一片竹就出现在路的左侧，虽然面积不是太大，但是看上去那些竹整齐、清爽且精神。当我发现竹的时候，心里着实一紧，因为在城市之中是很难见到竹的。竹属于乡下，它是乡下的一个重要组成部分，是一种再普通不过的植物了。它的根系像农民的手臂一样，紧紧抓住乡下的土地，在那儿孕育、生存和繁衍。

很长一段时间，我一直纠结于城市怎么会没有竹呢。后来我才稍加明白。竹是片生的，是无拘无束的，它的根伸到哪里，它就长到哪里。它的生命力极强，遇到春雨后，它就撒着欢地生长。而城市的土地非常有限，可以说是寸土难得。如果竹在城市与市政和市民争了地盘，注定是要被扼制或取缔的。所以一般情况下土地少了，城市根本不愿意种这种植物。

可我对竹有着诸多的喜欢，甚至是偏爱，因为我的童年和我的摇篮是与竹联系在一起的。我出生的那个村子，前面就是一片竹林，我荡秋千的时候就习惯在竹林中进行。其结果是，我感觉自己身上好像流淌了竹子的血液，自然也就有了竹子的气息和性格，无论什么时候亲近竹子像是亲近自己的兄弟一样。

我能识文断字以后，就对"山间竹笋，嘴尖皮厚腹中空"不能理解，虽然它是作讽刺、比喻他人用的，但它对竹的评价是不公正的，关键是它扭曲了竹在我心中的形象。我不能容忍了，就寻来了足够的证据和力量，来证明竹的高洁。于是我听到了另一种声音，苏轼说："宁可食无肉，不可居无竹。无肉令人瘦，无竹令人俗。"杜甫则说："绿竹半含箨，新梢才出墙。雨洗娟娟净，风吹细细香。"郑板桥在赞美竹时说："咬定青山不放松，立根原在破岩中。千磨万击还坚劲，任尔东西南北风。"叶剑英在1963年时，也写下了"彩笔凌云画溢思，虚心劲节是吾师；人生贵有胸中竹，经得艰难考验时"的诗句。可见，竹在众多人的眼里是非常高尚的。

竹在我的心目中是完美的、无缺的，不仅是它长青的色彩，也有那手挽手、根连根的顽强生命力，还有它的韧性、高尚和气节。它没有贵重和卑微之分，没有任何等级观念，有的只是给予和奉献。结果，叶成了熊猫的美食，竹编织成了人们的梦想和生活必需品。

我想城市里拥有了竹，是一种补充，也是一种融入。因而，城市会多一种精神，多一种气节。

在一棵古松前的怀想

相对于竹而言，一棵古老的松树同样吸引了我的目光。面对这棵古松时，我就在想，公园的设计者是怎样把它移栽过来的？听说移栽这样的松树很难成活。从树龄上看，这棵树少说也有几十年的生长周期。这不仅让我对这棵古松产生了好奇，同时也让松和我的童年一起历历在目。

松树的生长非常缓慢，特别是本地的那些树种，它是需要十几年才能成材的。不过松树的生命力极强，就算石缝里落一粒种子，它都能长出应付任何恶劣环境的小树来。所以我们对松树有着许多的比喻和崇敬，最普遍的就是人们常说的"福如东海长流水，寿比南山不老松"了。

其实，我对松树是有着另一种情感的。在那清贫的年代里，松树不光可以让我们依偎，还可以给我们很多的温暖，它落地的松针可以为我们引火，它的松枝可以为我们煮饭，它的松干可以在越冬的时候让我们取暖。那种相依，让我们备感亲切。就在我居住的房屋西侧，有一棵据说是上百年的古松，那是我童年的伙伴，也是我成长的见证。

虽然松是常年青的树种，但它也能体现出季节的变化来。春风吹过之后，树是会着上新装的，那些松针会冒出新芽，然后树开出松花，结出青青的果实。这个时候，依附它的那些植物也能疯狂地生长，特别是那些牵牛花，把紫白相间或是玫瑰色的花开满古树一身。初看上去，分不清是树上的花还是树外的花，总的看来是树花一身的。

夏天到了，蝉把自己隐藏在古松的身后，防着那些捣蛋的娃把自己当作寻找乐子的对象，然后可以放声大胆地在那儿，一个劲地高唱那首叫作"热啊、热啊"的歌。结果，那个夏天被蝉唱得越来越热，可是要想捉到蝉是不可能的，因为蝉就藏在古松的顶端，人们只好任它去了。

到了秋天，树果就露出了笑脸，这个时候松子不情愿地飘了出来，之后打开它那洁白的翅膀或是尾巴，飞啊飞，落在哪里就把松的希望埋藏在哪里。

隆冬降临以后，最好看的就是披一身雪花的古松。这时你就能体会什么叫傲然挺立，什么叫宁折不屈了。雪总是想压垮松，可就是没法做到，最终雪只能在树枝下流一些遗憾的泪水。

看着眼前的这棵古松，我走上前去，用手摸摸它的身躯，看看是不是有牵牛花的印记，是不是还留有蝉的声音。可松一直不语，而此时面对古松的我，再也没话可说了。

霓虹灯的交织让山和水妩媚起来

说来时间过得真快，就眨眼的工夫，夜幕降临了。我想，也好，这样可以让我看看掌灯以后的公园了。

　　暮色，让公园里的夜有些朦胧，好像一切都沉浸在不言之中。但不一会儿，路灯、地灯和霓虹灯都相继粉墨登场了，这让我产生的最大感触就是身处一个多元的时代里，灯可以带给我们许多的享受和想象，原本是普通的灯，添加色彩和变化以后，就有了多姿多彩的世界。

　　成全公园这梦幻一样感觉的就是这些形形色色的灯。从南大门前看，浮雕广场的四周亮起了多种造型的广场灯、路灯、阶梯灯，而那隐藏在假山背后射出的绿灯，打在高高的树枝和树叶上，有一种似梦非梦、如梦如幻的感觉。

　　特别是东门前，这里成了灯的世界。一条长长的护湖栏杆，挂上了两条用七色彩泡连接起来的彩灯，跟随着的就是用电子控制的串珠灯。那座桥已不是承载的主体，而是做装饰的对象，让人在经过那里时，有一种云游的味道。

　　一片灯树就生在湖中的小岛上，那树的造型像柳，它的枝、它的条、它的叶俨然就是盈在湖边的河柳。只不过那些闪烁着的无数的红色光点让你知道，原来那是一片火树银花般的灯树。

　　这个时候不知是灯妖娆了湖中的水及湖边的柳，还是水和树烂漫了灯的辉煌。总的感觉是行走在一个可感知的色彩里，心和心花一起怒放起来。

　　当我再次来到那栈桥上时，世界好像发生了巨大变化。原来所有桥头边缘都暗藏有彩灯，那些灯随音乐的节奏一起不断地变化着色调。最抢眼的是栈桥边上的那排七色的灯柱，它们正不停地环视四周，因为它们的灯头是可以旋转的，所以每一个不同的角落都能感受灯的照射。

　　在小山的顶部还设有一个激光灯，它的光束不仅能变化色彩，还能画出如和平鸽、空中楼阁等不同的图案。那种图案最能让人产生幻觉和想象，不由得让我的视觉和感知飞向远方。那种感觉好像是让我临近了夜上海的外滩，那灯的海洋让我如痴如醉。也像是感受北京"鸟巢"上空的灯光，那如脚印一样的行走，让我如梦如幻。

是一阵微风的吹拂，让我收回了想象。当我再看那水中的灯时，感觉那些倒影更加迷离和摇曳。

看着眼前的这些灯是容易让人产生联想的。记忆深处的灯或是盛开在夜空中的礼花，只能是装点曾经的节日，而眼前这些灯却装饰着我们平平常常的日子。这一刻，让我们不光有许多的感慨，也会有更多的感激。

我想，这样一个夜晚是会做梦的，不过我相信那个梦境会比现实还要灿烂。

里罗城的秋意

一

很久以前，便记住你了，就像背诵一首古诗之初，需要读它的题目一样，在我的心里，已无数次地念出了你的名字：里罗城。

二

感觉，远远地想你时，你离我真的很近很近，无论是从书本上，还是从众人相传的口语中，你和你的故事如影子般渗透到我的思绪里，让我既产生无限的向往，又觉得亲切无比。走近你时，这才发现，原来，你离我又是那样遥远，远到二十年、五十年，甚至八十年。

此时，我正站在一块石头上，向村子四周进行瞭望。随行的陈支书指着脚边的石头说，这块石头叫将军石。我有些不解，因为怎么看，它都是一块再普通不过的石头，和其他石头并没有两样。可陈支书却说，不是，那是八十年前的事，在之后的一九五五年，被毛泽东主席授衔的首批开国将帅中，有一位叫陈明义的将军，当年，他当童子团团长时，经常坐在这块石头上，一边站岗，一边放牛。从开始为红军放哨，到转战大江南北，他为新中国的建立，做出了很大的贡献。后来，人们为了纪念他，就把这块石头叫将军石了。

　　我睁大好奇的眼睛看你，竟觉得眼前的一切，是那么不可思议。这之中，不光是说从平凡间看到了伟大，而是在和平的日子里，我们依然会对英雄心生景仰与感动。

　　看到我有些惊讶的样子，陈支书才说，其实，这里有着许多红色的记忆，不信，你随处一瞅，准能看到红军当年在这里所留下的一些遗迹。说完，他扳起手指，如数家珍地说，你看：在七里山，就是夜袭阳明堡机场炸毁日军飞机 24 架、歼敌 100 余人的民族英雄赵崇德的故乡；在村内花氏祠前的古银树旁，有"童子团岗哨纪念亭"；在村东五十米处，有红四军第八十二师政治部当时在村内花氏祠东山墙上写的标语，如今字迹尚存；有在村东北一点四公里处的"荷花池"，那是一九三二年红四军总医院的所在地；还有在村西北八百米处的"豹子湾"。说起这个豹子湾，影响就更大。一九三四年四月，根据省委指示，红二十八军与红二十五军会师在这里，整编为新的红二十五军。新诞生的新红二十五军，就是从豹子湾走出，后成为第一支到达陕北的红军长征部队，并在红军长征史上写下了光辉的篇章。

　　陈支书接着又说，不过，最有名的当数朝阳洞、平顶铺、里罗城等地所形成的"红军洞群"了。那是一九三二年九月，红军主力撤离后，商城县委以金刚台为根据地，利用朝阳洞等有利地形，开展了艰苦卓绝的游击战争，实现了"金刚台三年红旗不倒"的壮举……

　　可以说，我的情感，是伴随陈支书的节拍起伏的，刹那之间，仿佛把我也带入了那个缤纷的年代。

三

　　从走近你的那一刻起，心里一直没能平静，目光所及之处，除了惊奇，就是诗意。

　　这是熟秋的时节，所有的农作物都已收割完毕，留下的是一两头老牛悠闲地行走在田埂之上，其间也有几只山羊寻觅于山道旁，偶尔还会有麻雀之类的鸟，散落在田间。

首先使我眼前一亮的，是那些乌桕树。那些树，或长在路边，或立于田埂，或生在山脚，相同的是它们都已成熟，不同的是，树叶有淡黄、橘黄、浅红、深红等多个重叠的色彩，绚丽的结果，硬是把一个山村染得更加灿烂。惊喜之余，我看见，越是树龄长的树，树叶越是火红，不知是经风雨、见世面多了，还是经过了岁月的历练、酝酿，才会像窖藏的老酒一样，更加让人沉醉。

我们是沿一条河流走近你的。这个季节，河水变得温婉，河床之上，没有春的料峭，没有夏的洪峰，没有冬的寒冷，有的是愉悦、舒缓与雅致，这样更适合我们去欣赏和亲近。

那蜿蜒的河道，通过简单的整修后，使河水有了节奏之感。无论是转动的水车，还是梯状的瀑水，都让人既赏心，又悦目。有时水是在沙与石之间无音地静流，有时是在潭里来一个有声的回旋，还有时，是在石板上如细瀑一样轻轻地掠过。整个过程，如同母亲的爱一般，始终陪伴着我们。

河道上的桥，成了生活中的纽带，不管是石拱桥、水泥桥，还是石步桥，都在恰到好处地连接着村庄、山道与学校，让放学的、收工的，以及骑车的人都行走方便，使一切变得是那样简单和自然。

有句老话讲得很好：山，是村子的依靠；村子，是山的律动。我认为这句话不仅是对你真实的描述，也是对金刚台最好的诠释。同时，让我们都感受其中。

是弯弯的水泥小路，把我们送到村子的中心的，村庄便展现在我们的眼前。远远地看，村子像金刚台衣裙上的花朵：一两户的，是开出的单枝；七八户的，则是盛开的花簇；升起的炊烟，就是吐出的花蕊了。走近时，这才看清，居户的房子大都是白墙灰瓦式的仿古建筑，无论是房檐，还是门楼，修建得古色古香，只是大门和窗户等拥有现代的元素。仔细去看，整个搭配既典雅又时尚，所透露出的特色，具有很强的时代气息。

都说水是村子的灵魂，看来这话一点也不假。对于你来说，水是丰沛的、充盈的，除去山泉、河流之外，池塘便在村子中锦上添花了。许多的池塘，都是依村子而建，从蓄水的程度看，年代大都比较久远，不知与传说中的"千工堰"有没有联系，这个无从考证。但可以肯定的是，池塘让村子有了生机，而游弋在池塘上面的几只鸭子，又赋予了水更多的灵性。

抬眼望去，最惹人瞩目的，该是山中的枫树和灌木林了。可以说，它们把这个季节演绎得淋漓尽致。虽然，山上也有松、竹、茶的存在，还有巨石的争宠，但都不能使红叶或是黄叶失色。相反，却增添了它们无穷的魅力。如果连着去看，它们与乌桕树相辉映，达到了竞相展姿的效果；单着看，山峦中间的一垄枫树群，在那儿倾力地展现着一种释放、一种激情、一种情结。没想到，那一抹红晕竟燃到了山外，燃向了天边。在这方面，看上去灌木林就稍显逊色了。不过，它们所表现出的情愫与色调是一致的。此时，更会让人想到的便是那句"停车坐爱枫林晚，霜叶红于二月花"的诗句。

看着眼前的景象，再瞅一瞅飘落在身边溪水里的枫叶，这个时候，最容易让人产生出一种错觉：是行进在现实之中，还是存在于一种红色的梦里？

如此来看，在醉秋里走近你，心，不想成熟都难。

四

坐在回去的车上，我还在不断地寻思，是该返程的了，要不然，自己或许也会成为你的风景。

丹青金刚台

一

雨，是着意的神笔，就那么轻轻几下，把四月的金刚台写意得诗意盎然。

你看，那遍野的绿，嫩嫩的、淡黄的，清秀之中透着一种勃勃的生机。像水一样的绿随着凸凹的山体起伏着，错落有致。那种绿还像腾起的火苗，一起向山上燃着。偶尔有巨石突起，那些绿又在石的四周竞相拥簇，但不管怎样展姿也遮掩不住石体，然后只有让石露脸在外。那些绿仿佛不怎么甘心，竟把绿拥成波，最后向山的每一个角落荡去。

不是说金刚台的绿色把所有的山脊都覆盖了，这中间还存在着其他色彩。最显眼的自然是那点点的红，那些红就是山上的映山红了。映山红的开放在山上成窝、成片，主要是在向阳的一面。那些映山红是山上的骄傲，也是山上的精灵。它们的绽放，正赶上万物复苏的时候，无疑它们为万绿丛中平添了无限的魅力。

除了红色的映山红之外，那些白色的桐子花也分外抢眼。那些黄蕊白花的桐子花大都开在一蓬一蓬的树枝上，那些树不怎么成片，偶尔有一两棵较大的树盛开着桐子花，看上去在众绿之中不像是与绿色争宠，倒像是为绿色做陪衬、为绿色做点缀而已。

二

最能体现金刚台特色的就是那瀑了。看到瀑，你不必想到那气壮山河的巨瀑，也不必去想那一落千丈的豪瀑。你看，金刚台的瀑是从山上流下的，那瀑很长、很高，是那种阶梯状的，这样也就有了金刚台自己的特色。那瀑有飞着的，有缓慢爬行的，有一线流下的……

飞着的瀑就是在巨石之上飞速而下的，注定在那样的瀑下面会有很深很深的潭。那种瀑在完成一个优美的翻腾跳之后会在潭里游动几圈，然后再进行下一个回合的动作。

缓慢瀑是贴着石体而下的，它们虽然没有潇洒的动作，但它们的落差往往比飞瀑还要大。

一线瀑的过程很有趣，那些水在石的上面聚集起以后，就想着法地往下窜，结果发现了一道石缝，然后它们就从石缝处溜了出去。

三

水，对于金刚台来说是充盈的。如果用一个字来形容这里的水的话就是清，如果用一个词来形容这里的水的话，那么就是清澈。这些水的共同点就是没有任何污染，是那种纯天然的，它为金刚台这座天然的氧吧，提供着丰富的生命源泉。

这时，要是你走近金刚台的水，你就会有一种感觉，那种感觉美好而又让人流连。

最好你来到潭边，掬一捧水在手，良久，你会感觉到只有手的存在，那些水会贴着你的手缓慢地滑动。

如果你想与水亲近的话，那么你就赤着脚到潭中，那些宁静的水会舔你的脚的。要是你不想打搅它们的宁静，你就站在那儿看着清清的水和你洁净的脚，体味那种美妙的感觉。不一会儿就有小鱼儿游向你，这时你肯定会和它们嬉戏起来。

四

　　金刚台国家地质公园的东南方，有一广场，这广场就建在金刚台的山脚下。据说也是近几年建的。在广场的东侧建有陈列馆。据介绍，馆中存有许多烈士遗像和烈士们的生平简介，记载着"商城起义"及红军在金刚台上开展游击战争的基本情况，还记录了金刚台上众多的红军洞群等。

　　远远看去，陈列馆很别致，它的建筑是那种青砖瓦式的，很容易让人想到江南，想到江南那种院舍，想到江南那种雨巷。仿佛有清清的雨滴落在那些瓦上，让人产生许多的沉思、许多的回味。

　　不知是什么时候，山上真的下起雨来。那些雨从山上慢慢地飘到山下，飘到陈列馆的瓦上，飘到那些爬山的、拜谒的、游览的人身上。起初他们并没有理会，但随着雨丝的变大，不一会工夫那众多的伞花开了。那些红的、蓝的、花的……众多的雨伞开在山上，开在山下，开在了细雨蒙蒙中。

　　走在金刚台的雨里，不知心会不会长成种子。

清塘坳的水色

之前，我总是以为，清塘坳的水，是用来想的。

我想，或许它处在山的一隅、水的一角、村的一方，该是梦常常光顾的那个地方。有时候，也会这样去想，它像是乡间育出的小家碧玉，容易让人生出许多的遐思和想象来。

在初夏的一个早上，站在清塘坳水边的一刹那，我就知道，是自己错了。

说实话，起初，我听到这个地名的时候，并没有急着把它放进我的期待里，而是把它尘封在自己的心田中。因为我清楚，有很多事情都是见面不如闻名的，可能，留个念想会更好一些。但是，当我真正地走近这儿时，却发现，清塘坳的水，是用来看的。

首先便是它的辽阔。原来，清塘坳的水，是属鲇鱼山大型湖的水系，它处在鲇鱼山湖中上游的一岔口地段，只不过是，湖的一角在这里有了个回形的转弯，结果就自然形成了这一处良好的港湾。也许是因为，它是鲇鱼山大型湖经脉的缘故，所以它就有了鲇鱼山湖的品性、气质与味道。所不同的是，它没有去争湖上那迷人的风光和众人邀宠的快感，而是躲在湾的怀里，静静地享受着自己的清闲。

初看时，清塘坳不是如一方塘、一个坳、一处豁口的单一存在，而是有像岛样的浅山围着。那些山高低不一、错落有致，不过山上的植被都很茂密，只是深浅的颜色不同，远远望去，有油画般的感受。这个时候，由于山的轮廓、树的倒影立在水里，山和水之间相互衬映，已分不清是山抱着水，还是水环着山，所以也就没有了明显的岛屿之间的那种视觉。

从水的四周来看，那些从入口处涌进的风，没有适应的环境，也没有顺势的方向，只好掉转头走了。所留下的，是清塘坳水面相对静止的状态。看上去，水上既没有波光粼粼，也没有水光潋滟，有的，是处子一样的心境和安宁。

开始，为了不打扰清塘坳的安静，我走近水边时，就选择了一处较隐蔽的地方待下来，目的，是想做一次清塘坳临时的邻居。不一会儿，我看见一只翠鸟飞到我身边不远处的、伸向水面的一根树枝上。它先是看看腿上带的水滴落在湖面上溅起的水珠，顺便瞧一眼自己在水中的模样，继而把头扭向我，看看没有什么敌意后，就去忙着捕鱼的事情。

等了好长时间，我看见翠鸟完成一个优美的俯冲后，本想有一个大的收获，没想到是空手而归。再瞅瞅水时，我一下明白了，就是因为水太透明，鸟看见鱼时，鱼也见到了鸟，其结果是，一次狩猎，就变成了一场游戏。

不知道是翠鸟明白过来水清则无鱼，还是三番五次地落空，想换个地方，竟一收腿，在水面上划过一道水痕后，飞到对面水边一棵树上继续瞭望。

很快，翠鸟掠过水面时掀起的波纹消失了。

接着，周围仿佛一下安静了许多，没了虫声，没了鸟鸣，一切都重归于寂静。我很享受这种时刻，就静静地在那儿待着，不去思考，不去浮想，把尘世间的那些事都抛在脑后，让自己的身心都放松下来。要不是几只白鹭从远处飞到对面的巢里哺育所引起雏鸟的声音把我叫醒，我敢肯定，没准自己也会站成清塘坳的一道风景。

是一丝淡淡的雾，把我的视线又引向水面。那丝雾是从鸟巢边升起的，它贴着水面缓缓滑动，样子像是守卫湖面的巡视员，它来到水上巡视一番，看看有没有波纹以及涟漪的出现。然后，牵着水的衣襟，左游游、右荡荡，消失在浅山的怀抱、水的湾处。

欣赏完雾丝以后，我就漫无目的地沿着水际线向前走，半是养神，半是慰心。走了一段时间，忽然，我惊奇地发现，湖水也是存在着风浪的。在唯一一处露出沙石的水滩边，我看到了水浪冲击所留下的痕迹，那道道水印不光在展示着湖的年轮，也在书写着清塘坳水生命的记忆。

我继续向前散步，没多久，绕过一个岛湾，视野一下变得开阔起来。我看见，清清的水面，不仅有了碎银般的波光闪着，而且，水路也多了些通道。不过，最能牵引我眼球的，是伸向水中的小岛，那岛小得只能容纳三棵树的存在，其情景有如画家无意间散落的笔墨，或是有意的补白，从而使岛与水之间相得益彰，相映成趣。

在一处回廊边，我意外地见到了一只小木船。船上没人，但桨和橹都在，这说明主人离此处并不太远。我看看停船的地方，和相对应的方向，我猜想，这儿不会是渡口，这船一定是自家使用的交通工具。

我沿着蜿蜒小路的走向望过去，想看见炊烟或是听到狗吠什么的，但是，没有结果。此时，感觉到，所能拥有的，除了这里的水色，还有就是这片山水带给我的内心的富足。

心想，这就够了。

烟　雨

　　回豫南商城采访已经有些日子了，每当我看见办公桌前的那幅照片时，总能勾起我的回忆，那片生我养我的热土曾让我欢乐让我回想，可这次商城之行却又让我对商城烟雨久久不能忘怀。

　　那是雨后天晴的一个早晨，我沿商城的陶家河散步，身心有一种久违的感觉。风轻轻地迎面吹来，柔柔地打着朵儿，拂在脸颊上痒酥酥的，那风理着心情，也理着我的思绪。看那伴随凉风而来的雨丝，结成小雾，飘成轻纱，忽一丝上扬，忽一丝低沉，浓时簇成一团，淡时扯成游丝，随手抓一把，手心凉凉的，又不见雨雾的踪影，再看看雨丝飘上柳梢，秀出嫩柳如少女青丝般的枝条。抬眼溯河床上游望去，虽有时隐时现的青草和那弯弯曲曲的小河水，但都被小雾笼罩着，那雨雾沿着小河水缓缓地飘动，形成半河雨雾，半河纱絮。

　　当我陶醉在这小雨雾当中时，不觉迎面走来了一位年过花甲的长者，他拿着相机，不时地捕捉着一个又一个动人的画面。看我入迷的样子，长者笑着说：“怎么样？是第一次看见这种景象吧！”

　　我微笑着点点头。

　　长者是乐观的，也是健谈的。他说陶家河过去是一条脏河，近几年通过对两岸河堤和河道的治理，使陶家河变成了县城的一道亮丽的风景线。河道的上游也就是城区的南部有一座名叫铁佛寺的水库，库水是集大别山主峰金刚台的小溪、山泉、雨水而形成的，所以库内水域辽阔，水质清澈。近来又有人利用库区优美的环境和天然的库水将洛阳牡丹成功移栽此处，使库区绿波藏红，库水香气依依，就连流到陶家河河道里的河水、烟雨也都留有少许的清香。

看着眼前的景致，听着长者的介绍，加之近几日在商城的采访，不由得细品起商城的烟雨来。

说到烟雨，人们自然会想到江南，那水连天、雨连雾如诗如画的景致确实让人着迷。但商城的烟雨却另有一番情趣，商城烟雨不是江南那种水面的蒸气，而是由树梢、柳条、林叶、绿草的眉心中生长而成的。你看她们牵成丝、连成片，吸收地气，荡在清晨，游在晚霞之中。她们锁茶茶香，绕花花妍，连山生根，连水起雾，由南向北组成了丝露花雨般的商城烟雨。

近些年，商城人认识到了树能生绿、绿能生水的道理，他们充分发挥山区优势、地域优势，建绿色商城，做绿字文章。他们大兴植树造林、退耕还林、封山育林、建立绿色长廊等，使绿色面积不断扩大，已形成金刚台、黄柏山等国家级地质公园和国家级森林公园，长竹园、达权店、吴河、汪岗等大片面积的林区，从而获得了"全国造林百佳县""河南省绿化荒山第一县"的称号。由于林带的形成，山青了，水秀了，天空更加湛蓝了，同时使商城烟雨蕴藏着丰富的内涵，也使我们对商城烟雨有更深的理解、更多的回味。

商城烟雨伴着涛声。位于商城境内的金刚台是大别山中的第一峰，这里不仅有连绵起伏的绿色屏障，而且是最好的天然氧吧，海拔1584米的金刚台给人以秀丽给人以飘逸的感觉。

采访中，应朋友之邀我们特地小住了金刚台。

五月的金刚台是山花烂漫的时节，山上松涛阵阵，瀑飞泉涌，一望无际的绿色让人心旷神怡，激动不已。

是夜当万物静寂之后，山林就渗出缕缕雨丝，顺着绿叶、山花凝成云雾，结成雨滴，沿着绿叶的叶尖往下滴着，这时小溪流出声音，山泉发出合鸣，由烟雨形成的雨滴汇入松涛，融入山泉，组成一曲由近到远、由浅到深、由弱到强的和弦，弹奏出大山的涛声，大山的生命。我们被合鸣震撼着，我们被这松涛震撼着，久久不能平静，就连梦境中都有这优美的和弦在回荡。

第二天清晨，我起个大早，谁知已不见了山的和弦和松涛的声音，只见淡淡的烟雨从山的半腰走下山脚，走向村舍，我想烟雨肯定带走了山的合鸣，带走了松涛的声音。

商城烟雨凝着茶香。在商城采访，人们提到最多的自然是茶叶。商城县是信阳毛尖的重要产区，也是天然茶和有机茶的良好产地，每年都有大量的优质茶叶销往全国各地。同时在全国全省和茶叶节评比活动中有许多茶叶获得大奖，从而使商城茶叶名播全国。

商城茶尤以伏山乡渣子河茶出名，渣子河茶场就坐落在伏山乡渣子河村的深山之中。据介绍，由于渣子河茶山山形特别，山峰高耸，云雾缭绕，光照充足，加之林果丰富，所以渣子河茶有着独特的香味。每年到谷雨前后，山峦起雾，形成烟雨，整个雨雾飘在山体的中上部，使得山脚、山尖都清晰可见，唯有山腰的茶园笼罩在烟雨之中。远远看去像山的飘带，系在山腰之上，久久不能离去，待到太阳强烈之后，烟雨才慢慢散尽，让茶叶尽情地沐浴在太阳的光照之下。当太阳下山以后，烟雨又飘然而至，重新雾锁茶园。因周而复始的烟雨呵护及光合作用，渣子河茶浓郁中带有栗香，清冽中呈现甘甜。这完美的互补不仅使茶园丰富着烟雨，烟雨点缀着茶园，同时更多的是使茶叶里沉着清新，烟雨中凝着茶香。

商城烟雨乘着鸟鸣。鲇鱼山水库座落在商城县县城往西四公里处，它是淮河水系上游最大的水库之一。由于水库修建三十多年，加之近些年封山育林，库水碧波荡漾，四周千岛竞翠，同时间有客轮、游船、渔舟行驶于库中，从而构筑成和谐美丽的山水画卷。在大坝的左侧有一自然形成的岛屿，人们称为鸟岛。鸟岛有三面置入水中，岛上已很难行人，只有茂密的松林和众多杂草，树梢上有上千只鹭鸟飞落其间，它们或鸣或嬉或歌或舞，在那里筑巢生息，繁衍后代。每当傍晚日头西下的时候，众多的鹭鸟开始星星点点地落巢，那场景犹如"落霞与孤鹜齐飞，秋水共长天一色"一般，十分壮美。清晨水起涟漪，树生雨雾时，小岛笼罩在一片氤氲的烟雨之中，远远望去，不见鸟岛，只听得众多的鸟声。当太阳露出笑脸，烟雨开始渐渐飘离时，许多的鹭鸟依着烟雨飞向天空，嬉戏中不仅使山富有灵性，水更加妩媚，同时也使烟雨中多了些生机……

临别商城时，那位爱好摄影的长者专程送我一幅放大了的彩色照片，照片的右上方用小楷题写着"商城烟雨"的字样。看着那美好的画面，回想在商城的采访，我想这是美好的回忆，更是美好的印象，我相信这印象会永远留在我的记忆之中。

水湄上的家

　　站在韩冲茶场观湖亭上的一刹那，我有些恍惚，误以为是自己走进了诗里、走进了画里。稍稍作一些思想上的调整后，就知道不是，因为，诗里和画里没有润心的微风，而这里有。

　　时值仲夏季节，还是小雨刚住的时候，偏偏这个时间段相约。组织者却说，是早就设计好的。看来，想了却一桩心事也并非想象中那么容易。不过，也好。就算天公不太作美，却成就了许多的契合。比如，这雨后的茶场，视野辽阔、空气清新、四周洁净。凭这些，能不让人的心情，变得格外地爽朗和敞亮吗？

　　此时，看这方山水，会有些错觉。不知到底是山引领着水，还是水妖娆了山。最后，你肯定相信是共同成就的结果，才就有了相互间的默契、相互间的缠绵、相互间的渗透。山是那种丘陵相连的浅山，水是一湖带有深绿色的碧水，山和水的互绕，就完成了许多的岛屿与水湾。一些岛屿是伸向水中的，一些水湾是环回到山坳深处的，要不是有三两户人家升起淡淡的炊烟在点缀着，恐怕，又会让人感觉是回到了静态的画里。其实不然，因为就在近处，耳边有隐隐的鸟鸣，远处，还听到一两声狗吠，间或，有两三只闲适的鹤，缓慢地从岛屿和水面上飞过。

　　我相信，山水都是有自己的个性和精神的，这边的也不例外。这里的山，不是荒山，不是秃山，不是植被茂密的深山，而是一座座茶山。可贵的是，所有的山上都种有茶树，所有的茶树都不是两三年的茶苗，而是有着几十年茶龄的茶树，像人，由幼年走向了成年。且茶树都是从山脚种到山顶的，这样，如果远远地瞅，那山上的一排排茶树、梯田，如人工涂上去的道道彩条，不仅整齐，而且好看。

这里的水更有特色。水与山之间没有界限，是连体的，仿佛生来就在一起。或许，这就是这里的鲇鱼山湖和浙江千岛湖最大的区别。千岛湖的湖岸线，以"金腰带"著称，感觉拉长了山与水的距离。而这里的水，水中的草可以连到岛上，岛上的树可以垂到水里，这种不分你我的行为，使山和水的关系更加密切。要是，从总体上去看，不难看出，水以山成色，山与水互补。

坦率地讲，真正让我感到震撼的，是一组韩冲茶场的照片。照片是从空中向下拍摄的，水湄、茶山、岛屿、家园、绿树、蓝烟……最抢眼的是那条水泥小路，从一面连山中走出，向三面临水中走去。它像经脉，沿山顶蜿蜒，通向村子、小岛、凉亭和水边的步行道。整个山形，似章鱼张开的腕，其茶垄是它的指纹，岛屿就是它伸向湖里不规则的足了。

那组照片，不单单是征服我的眼球，还让我产生了想去韩冲茶场一探究竟的欲望。后来，韩冲之行，就成了很期待的事。

要说，韩冲离我的家乡挺近，这是我用脚步丈量出来的。起初，我们的学校就在韩冲，当时，每天背着书包跑两个来回，感觉像是从自家大门串到了邻家大门。从那刻起，我并没有把两地分为彼此，这当中，不仅仅是因为我的学校，还有的，就是我在这里走过一段没有血缘的亲戚。

提起走亲戚，有一个动情的故事。我的母亲是从大老远处嫁过来的，邻居可能是考虑到母亲在本地的孤单，就把韩冲娘家和母亲一个姓的亲戚介绍给母亲。身处异地他乡的母亲，乐于接受了。很自然，我们每年正月的头几天，会到茶场走亲戚，亲戚越走越亲，亲情越走越近。可后来由于鲇鱼山湖的修建，住在水区的亲戚们，都得迁往他处。最终，宴席散去，但那份情感还在。

多年后，我才弄明白，对故乡的眷恋，就是对家的眷恋。

对家的印象，是打小就深刻的。竹篱、围栏、土屋、牛声、羊影、狗吠、鸡鸣，以及如牵牛花一般的炊烟，还有伸向老井、伸向居户、伸向村外的一条蜿蜒小路，都映在脑中，藏在心里，时时刻刻，从未间断。

那是儿时的记忆，也是难以忘却的记忆，像角马的幼崽睁开眼睛，看见的第一匹马就认定是母亲一样。所以，我对故乡的认知程度，始终保持在最初的状态。

是"我们沿水边走走"的提议，中断了我对家的想象。

大家把目光，都聚集到组织者那里。随即，我们来到水边农户人家，看见，其中一户在做茶。问及情况，茶农笑着答，这是夏茶，虽没有春茶那么贵、那么好喝，但也有它的特点，亦可让我们多增收一些！言毕，好客茶农，给每人泡了一杯。拿起杯，我们发现，夏茶的汤，绿中透着淡黄，饮之，滋味微涩，却有香气飘出。品后感觉，生津止渴，回味持久。

茶农说，你们这个时间来，茶山上是看不见什么人的。清明、谷雨前后，茶山上到处是人，采茶的、做茶的、买茶的，非常热闹。那时，你就是到路边走一走，空气中都能闻到茶的香味。

和茶农聊得愉快，话题就多。我们问，你们的收入主要是种茶？茶农说，是，但也还种植一些其他作物。多年前，我们利用临湖优势，进行网箱养鱼、拦湖汊养鱼及钓鱼等。后来，因要对湖水实施保护，我们就再没做了，就连渔船都收了起来。接着，我们又问，那么，是不是对你们的收入有影响？茶农说，也不，近些年，我们这里搞新农村建设，对环境的治理力度加大，山青了、水蓝了，茶叶的品质自然就更好了。加之，我们又开发了绿茶、红茶的系列产品，收入不但没有降低，反而还有提升。微笑，是那种满足后的微笑。

虽从茶农家出来，感觉身心还都在茶里。随后，我们朝环湖步道走，来到水边的桃花岛上。上了岛，我便乐了。心里犯嘀咕，这哪里是什么想象中的桃花岛？看上去，这岛中有的，只是石礅、石条围着一个圆形的石桌，并没有发现桃或是桃花的踪影，甚至都见不到什么桃树。于是，我就在那儿暗自思量，怎么会取名桃花岛？不解。后，我又想，是对陶渊明笔下那理想世外桃源的一种向往，还是已经实现了桃花源的一种诠释?! 不得而知。

沿桃花岛，去怡香亭，须经过一个大的水湾。途中，有多处难走的地方，这，使我这个不善攀爬的人，心生胆怯。临了，还是组织者的那句不走回头路的话，让我惰性消失，勇气大增。

从怡香亭下来，我们发现，路两边开有众多的格桑花，貌似列队欢迎的使者。我知道，格桑花是藏花，也是拉萨的市花，"格桑"是"美好时光"或"幸福"的意思，茶乡人把它栽在这里，不难看出，其中蕴含的深意。

车返回，路过老家时，我从车窗处向外看。那一刻，我在想，水湄上的家，离故乡真的很近，如果测算的话，也就一步之遥。

第二辑

生活中的滋味

与蚊子开战

　　写下这个题目时，连自己都忍不住在那儿窃笑，原因很简单，没有人想到会与蚊子开战，那是严重的不对等式格斗状态。一般情况下，人们都会这样想，除非是那些蚊子令人伤透了脑筋，不然，是不会下这样的决心的。

　　我搬到小院里居住以后，感觉其身心都舒适了许多，平日里很愿意活动活动筋骨，所种的花草也日渐多了起来，最大的特点就是有了些闲情逸致。不过，凡事有利就有弊，原先在楼上住的时候，屋里是比较干净的，没有蚊虫的干扰，没有因此而烦心的事。可搬到这里后，那些蚊虫纷纷光顾我家，使我几乎到了不能容忍的地步。特别是蚊子，它们不但白天横行，就连夜间都无法让你安宁。最终，我宣布，与蚊子开战了。

　　当初，我首先想到的是蚊香。记得小的时候，母亲就是这样做的，为了消灭蚊子，她总是会买来一些蚊香，有时是线香，有时是盘香。然后，在蚊子密集的地方燃上，其效果非常好，最起码第二天早起时，我们的身上没有那么多的红点点。

　　于是，我模仿起母亲的样子，买来蚊香，在需要燃放的地方放置。莫说，自从点燃蚊香后，每晚都可以睡一个安稳觉。

　　但有一天晚上，一位邻居来我们家串门，见到我在那儿点蚊香，就说，最好不要燃这种蚊香，因蚊香燃烧的烟里，含有4类对人体有害的物质，如果长期燃的话，会对身体不利。

原来还有这种情况？我在那儿惊愕了半天。接着就想：是的，不能拿自己的身体开玩笑，现在大家都在讲究生命的质量，不像过去没有这个条件，而今是应该注意一些的。随即我问邻居，那，该买些什么好呢？他推荐了灭蚊剂。

我急匆匆去了超市，把宣传最火爆的灭蚊剂买了回来。

按照要求，我在上班之前，关闭了所有门窗，然后把屋里每一个角落都喷上了灭蚊剂。在上班的路上，我还在盘算着，回家后该能看到多少蚊子的尸体？

要说灭蚊剂还真的管用，我打开门窗的一刹那，就见地上躺着许多的蚊子。有的不动弹了，有的还在打转，那种场面，让我看到蚊子被打败的样子。那情景，着实让我心生舒畅，感觉就有了打一场重大战役而获得胜利般的快感。

然而，我的好心情没有持续多久，就在我准备入睡的时候，竟发现还有蚊子在飞动，再看看地上，除了个别确实已经死了的蚊子外，那些尚动弹的蚊子已没了踪影。我在那儿暗自叫苦，是灭蚊剂的能效降低，还是蚊子有了超强的战斗力？百思不得其解之后，我决定明天和后天再各杀一次，看看情况到底如何。

测试的结果，令我很失望。

我不愿就此罢手，决定主动出击。又去了超市后，就问服务员：还有哪些高效的灭蚊用品？她说，我们新进了灭蚊拍，是最理想的，既方便又环保。我拿过来一看，这灭蚊拍，简直就像是一个网球拍。服务员又说，功能就在网上，充上电后，就用电网打死蚊子。我握了握灭蚊拍的把手，又向空中挥舞了几下，觉得手感极好，心里在寻思，或许这次可能找到了一件称心的好武器。

确实，灭蚊拍真的很好使，蚊子一旦碰上，立刻毙命。特别是那"啪"的一声脆响，很像蚊子中了子弹一样，让我有许多胜利后的自豪。接下来的时间，我在屋里"啪""啪"个不停，所及之处，蚊子全部倒下。

后来，我发现，蚊子也改变了战略，它们白天都潜伏下来，一般不作任何游动，等到晚上熄灯后袭击我们。在没有退路的情况下，我只好应战，通常我是躺在床上不开灯，手里却依然拿着灭蚊拍，专等顺着汗味飞过来的蚊子。每逢听到有蚊子飞来的声音，我就将灭蚊拍挥舞过去，虽然十有九空，但偶尔也能听到"啪"的一下中电声音。于是，我就在那儿暗喜，庆幸又干掉了一只蚊子。就这样，我常常是在挥舞灭蚊拍中，不知不觉进入梦乡的。

有时，我摇着灭蚊拍，感觉自己很像一个骑兵，在广袤的原野上，挥舞着战刀，向来犯的敌人刺去。即便是不能刀刀使其毙命，但在来回的厮杀中，仍能将对方打得落败而逃。

可是，时间久了，这种耗时耗力的战争，让我有些力不从心，思考再三后，我想，最好得换种方式。

单位里的同事小王，听了我的灭蚊故事后，先是笑成泪人，后又说，我给你推荐一个好的产品吧，就是"光触媒灭蚊器"！他还说，这是美国顶尖级昆虫学家、生物学家、仿生学家跟美国军方合作的高科技产品，它是目前世界上最先进、环保的物理灭蚊设备。这种叫作"蚊子磁铁"的产品，能发出类似人类的气味，从而吸引吸血的蚊子。一旦这些蚊子靠近，它们就会被一个类似吸尘器的东西吸进去风干而死。

我几乎被小王说蒙了。不过，相信科学是我一贯的主张，心想，买就买呗，反正多一件武器总比少一件好。抱着试一试的想法，我就买下了光触媒灭蚊器。用过之后觉得，这种产品还真的不错。第一天，战绩辉煌；第二天，依然大捷。

然而，三天四天过后，几乎没有战果。我寻找原因时才发现，原来，是蚊子们又改变了策略，已经远离了光触媒灭蚊器，让你无法对它们构成威胁。后来，我把灭蚊器换个地方一试，但那些蚊子仍然不再光顾。

看来，这一回合也只好告一段落。

那天，邻居张婶来访，当得知我家蚊虫肆虐的时候，笑着说，怎不养一盆夜来香呢？夜来香?! 我知道张婶是一位养花高手，家里的小院已成为花园了，我们大家都受益不浅，虽然没能常见花开，却四季会闻到花香。对张婶的养花技术，我是深信不疑，问及为何养夜来香时，她说，可以驱蚊。

我立刻来了精神。养花可以驱蚊，真是天大的好事，这不仅省去了许多的麻烦，还比较经济实惠，是一举两得的事情。我说，明天就去买一盆夜来香回来，张婶说不用，我给你扦插繁殖一盆。

夜来香在我家落户以后，我就细心呵护，百般照顾，经常浇水、施肥，希望其快速成长起来。说真的，夜来香没有辜负我的期望，不久就发现有了很好的驱蚊成效，我家院子里的蚊虫不再那么猖獗了。

这一效果让我突发奇想，何不把夜来香搬到卧室里去呢？是张婶阻止了我。她说，其花虽好，但花香容易使人呼吸困难，不宜放在室内。我笑了笑和张婶说，这不成"雾里看花，水中望月"了吗！

张婶只是笑，又说，有些事，不是以你个人的意志为转移的。想想，也是。

一个星期天的上午，在家没事时，我就在客厅里看电视。突然，一个画面和文字解说吸引了我，于是，我睁大眼睛，对其一探究竟。电视里说，蚊子喜欢潮湿的地方，它们会在那里产卵、繁殖和生长。我一下恍然大悟，原来，我们家院里花盆的后面，妻子放有一个塑料桶，本来是盛一些淘米水和接一些雨水浇花用的，没想到竟成了蚊子的理想繁殖场。怪不得那天我看那桶水时，还发现有小动物在里面活动，当时我以为是小生物，会对花有好处，也就没有太在意。谁承想，这无意中，自己竟成了蚊子的帮手。

知道了原因，我就立即采取措施，先是找来一块塑料布，然后一下封住桶口，再在上面压一个花盆，把所有的蚊卵和即将变成的蚊子都闷死在里面，彻底摧毁这座生产蚊子的工厂。

秋风吹来之后，蚊子的战斗力急剧下降，只是叮起人来会玩命似的，特别是那些麻蚊子（据说都是母的，在为积蓄力量和繁殖做准备），一旦咬上，你赶都赶不走，唯一的办法，就是一巴掌下去，那时就会看到蚊子的尸体与血渍四溅，其状不忍目睹。不过，我想，蚊子的这种自我毁灭性的攻击，只能得到惨败的下场。

立冬一过，蚊子也像秋后的蚂蚱，已经失去了战斗的能力，只会乱飞乱撞。这个时候，我看到蚊子时，也就没有了斗志，因为我知道没有斗的必要，它们已是泥菩萨过河——自身难保。对待它们，我采取的办法是不予理睬。

不过，对于那些灭蚊的器具，我还是会收拾停当的，兴许明年还会派上用场。

在城市的屋檐下

城市的屋檐，庇护着我们，还有它们。它们是我们的邻居，也是我们的朋友。同在一个屋檐下，该如何与它们相处呢？我想，这不仅仅是一个话题。

猫

母亲家养了一只猫，确切地说是领养的。那天，母亲在回家的半道上发现了这只猫，见它很可怜地瑟缩在那里，母亲就动了恻隐之心。当初我对那只猫并没有好感，因为看上去那只猫十分瘦小和弱不禁风的样子，没有一点可爱之处。母亲把它抱回时，我担心是养不活的，我说，这种弃猫，十之八九不是有病就是发育不健全。而母亲没有理会我，在给猫洗完澡后，就耐心地饲养起来。

猫在母亲家落户以后，各种迹象都朝好的方向发展。我发现这时的母亲，与我们说话的话语也没有以前多了，最起码母亲总是挂在嘴上的那几句唠叨话也没有那么频繁，免得我每一次都得事先想着怎样去编好善意的谎话蒙混过关。

春去秋来，花开花谢，猫已经成了母亲家的一员，或是一个组成部分，甚至成为母亲的一种牵挂。今天猫吃饱了没有，昨天猫的毛好像没有以前光滑了，是不是又有新的情况？母亲总是习惯自言自语，说完以后又为自己的话语打圆场。

可是猫并不领情，没有想在母亲面前撒娇的意思，除了幼时在母亲怀里被喂饭时乖巧以外，长大后就与母亲有了距离，或许是野性使然，也或许是保持着原始的警觉。总之，不是开饭的时候，不是需要求助的时候，猫是断然不会自己走近母亲的。还好，母亲并没有因为猫的不近人情而生气，相反，依然是十分耐心地照看着猫。

有一段时间，猫不知了去向，母亲十分焦急，前后院地找，问了很多人也没有结果。母亲想，许是这猫已经长大了，自己有能力养活自己了，不再需要别人的照顾。于是，母亲就生出许多的惆怅，有对猫出走的不忍，也有对与猫相处时的思念，就是没有骂猫的无情。那天，母亲还说，不知猫过得怎样，要是过得不好，不知它晓得自己回来不。

猫的确是自己回来了，而且瘦了许多。母亲十分心疼，还说了很多猫怎么都听不懂的关切话。那天中午，母亲把猫最爱吃的食物几乎都拿出来了，猫像是过了年，更像是找回了那种久违的感觉。

吃完大餐的猫，"嗖"的一下又跳回到它平时爱待的房檐下，那里三面有瓦，一面朝阳，是猫常喜欢去的地方，因为那里风不着、雨不着，又远离人群，避免了诸多的是非。饿了，猫就下来寻找吃的，饱了就上去休息，过着很舒心、很幸福的日子。可是久了，母亲也发现不对劲，猫是发福了，但猫的一些本能却丧失殆尽，就连老鼠在它面前肆虐的时候，它都懒得抬头看一眼，以至于母亲都在怀疑，是猫的退化还是老鼠的过于猖獗?!

这一次，母亲仔细地去观察猫的情况，想从中找出答案。母亲发现，猫，除了闲暇时梳理一下自己的身体外，根本没有去操练一些捕捉的技能，那些腾、卧、快速攀爬以及闪电攻击的本领几乎全都忘了，留下的是猫劲十足的"懒"性质来，不久便昏昏睡去。

答案最终还是被揭晓，原来这猫是去生产了，那天带来了三只猫崽以后，母亲才明白了一切。见到三只幼猫时，母亲喜出望外，总是找出一些好吃的东西出来。可是好景不长，不久母亲发现，自己不能满足猫家庭的愿望了，这时母亲突然想到了喜欢经常在外吃饭的侄女，就动员她带一些人们吃剩下的，而猫们爱吃的残羹剩鱼回来，后来带猫食的队伍不断扩大，自然母亲和猫们都其乐融融。

不是所有的猫都享受其中，没有多长时间，幼猫当中的两只长成小猫以后就自奔前程去了，留下了老猫和一只恋家的小猫继续享用美食加舒心的生活。

母亲住的是单位的平房，住了不久又在房前拉起了一个小院，当时按照政策规定是可以房改的，但因单位主要领导的一句话，让母亲家没有享受到这天大的好处，虽然事后也有一次其他的机会，可处于工薪阶层的父母是没有能力实现美好愿望的。后来用母亲的话说是住惯了这平房，就有了难舍的情结，再大的房子也换不来住着顺心。

可顺心的房子最终还是要被拆迁了，而且决定得突然，拆迁得突然，还没等母亲反应过来，拆迁的先头部队，量房的人员就到了。

母亲什么也没有说，只是觉得心里有些隐隐的不好受，不知是她昨天没有休息好，还是她的老毛病又犯了，让她有一种难以名状的作痛和酸楚。趁量房的人员还在屋里量房的时候，母亲则来到院子中间仔细地看看已住过多年的这三间平房，随后又对院子中的一切左看看、右看看，忽然她一下子看到了那只猫。

这时的猫，也看到了量房的人，开始猫有些好奇，这些人不像是串门的，也不像是走亲戚的，虽然近两年这几排平房里住着的人在不断地变化，但大家几乎是不互相走动的，因为彼此之间都不认识，见面时大多都形同陌路，根本不会出现像今天这样的状况。

接下来的几天让猫更加捉摸不透了，那些空闲的房子有人在拆除，动作很大，灰尘铺天盖地，这让猫有些不安起来。

而母亲在院子里突然一眼看到猫时，心里"咯噔"了一下，对了，搬家后这猫怎么办呢？接着母亲又在那儿想，干脆把猫也带上吧，免得猫又无家可归了。可不一会母亲又在犯难，这猫不通人性，怎么和它说呢？何况自己该搬到何处还不知道，如何去安顿猫啊！

母亲的纠结是有道理的，不说猫如何下来，如何跟自己一起走，如何知道搬家对猫来说意味着什么，单是邻居们出奇地合作，让母亲都不知如何是好。

那天，有邻居来串门，说我们得团结起来，这样才能让单位里多补贴一些钱财，或是给我们找一处更好一些的地方。出于自身利益，这样的行为是合适的，不说别人住进了高楼大厦，不说别人钻尽了政策的空子，单从实际需要来讲，是应该考虑一下的。母亲一面答应邻居所说的事情，一面与父亲商量该如何搬迁。

父亲在退休之前是单位里的中层干部，由于职业的习惯，每次单位里有所号召，父亲都是积极支持的。这次邻居说得为自己想一想了，起初父亲还不同意，认为那样做会给单位增加负担，经不住邻居的劝说，父亲还是答应了。

事情没有像父亲想象的那样发展，没过两天就有一户邻居搬家了，究其原因事后才知道，这户邻居得到了好处，就率先打破了事先邻居们说好了的攻守同盟。父亲不解，说要去问个明白，还是被母亲拉住了，母亲说，人心隔肚皮，有些事何必要点破呢？留一些面子，对大家都好。

猫对第一家搬家的人家反应也很强烈，因为搬家的人家位于猫居住的一个墙角，那种拆迁的动作让猫有些难眠，猫想，好好的一个处所，干吗要放弃呢？是吃饱了撑的，还是无事可做，净干一些不着边际的事情，人啊，就是爱折腾。

想着想着，猫又有些担忧起来，这支撑着的墙角，一旦失去一面，就无法平衡了，另外两面怎么会牢固，就算是躺着睡觉也不得安心，万一，哪一天不小心一翻身，说不定会掉下去。

实际上，现实比猫想象的还要残酷得多，就是那个经常来找母亲商量对策的邻居，是第二个搬家的，她们根本没有说出什么理由，也没谈出任何条件就搬家了。听说还是主动搬的家，当时父母说啥都不信，之后，是我的一个同事告诉我，说那邻居的一个孩子就在那单位上班，那天，单位领导找他去谈话，说是组织上正在考察他，让他好好把握机会。

对于这样大规模的搬家，猫是惊恐的，它不愿意看热闹，也不愿意赶热闹。面对搬家公司的车辆和人员，猫是躲着的，它害怕嘈杂和纷乱，喜欢温情与宁静，眼看着大量的物资被拉走，眼看着一间一间的房子在倒下，猫在想，我真的看不懂这个社会里的人们了。

父亲和母亲都在想，是不是也要搬家呢？如果搬到一个偏僻的地方，不说什么都不方便，这年龄大了，就是上下楼和去医院看病都很困难，怎么办。父亲又说，再说了，自己不能带头搬迁，但也不能拖后，最起码不能让别人说闲话。

正说话间，父亲见母亲流着眼泪。父亲不解，说，不至于吧，不就是搬个家吗？再细看时，父亲发现母亲在看电视，那屏幕上正播着《动物世界》。原来母亲看到在动物园里长大的老虎和狮子，因圈养的问题，过着"衣来伸手，饭来张口"的日子久了，就没了野性，无法回归大自然时，心情很沉重，像是自言自语，也像是对父亲说，搬迁后我们家的猫该怎么办呢？

拆迁的速度在加快，猫的惊恐程度也与日俱增，它先是趴在窝里看，后来又趴在墙头上看，危险正步步向自己逼近，它不知道以后的情况会是咋样，只知道眼前的美好在渐渐消失，这是它不愿意看到的，也是它不愿意去想的。从它那睁大的瞳孔里，我们可以看得到的，是它的不安，但看不出的是它内心深处的忧伤和无助。

母亲家还是搬迁了，搬到一处自己找的地方居住，住下后母亲总觉得少点什么，但找不到最好的解释。时常母亲和父亲习惯性地走到老房子那里去看一看，虽然那里都夷为平地了，可那房基还在。

那天，父母又去了老房子那里看看，回来后母亲说又看到那只老猫了，父亲说没有，母亲坚持说看到了，还说，从他们眼前一闪而过。父亲说，不，那只是一个影子。

牧羊犬

对于动物而言，我不敢说是宠爱有加，但至少不是拒之千里。我相信生命是相通的，即使是冷血动物，也有它温情和友善的一面。

平时我见了动物总是报之婉约一笑，或是用欣赏的目光去观察一番，哪怕是遇到一只蚂蚁，我都会低下头去看看它的觅食方式和搬迁过程。有蚂蚁侵略了我的领地，我总是用凉水把它们冲走，而不会是用开水泼向它们，那种残忍的举动我是绝对不会采取的。

我特别喜欢看中央电视台的《动物世界》栏目，对动物们的生活方式、生存状态，以及它们对生命的渴求和律动都有了感知与感悟。看了那么多画面之后我就在想，我们与动物相比，有哪些相同点和区别呢？我知道解释这些是需要专家们来解决的，而我仅仅是知道一些表面上的东西。

偏偏我与一条牧羊犬遭遇了。不是说这条犬与我擦肩而过，而是它实实在在地走进了我的生活。

儿子在大城市里领养了一条刚刚断奶的牧羊犬，说还是国外的一个优良品种。我知道如今打上国外宠物的牌子，无论是哪种动物都是很珍贵的，最起码它的价格惊人。就像刚改革开放那阵子，对国外的产品，人们一味地推崇，好像国外的月亮都要圆一些似的。可是，后来我们慢慢地发现，其实也不然，国外的东西并不见得都比我们的好，只是那时我们比较落后而已。

对于儿子领养了那条牧羊犬我并没有太多的在意，因为在这个年代，养宠物已成为时尚，有些人都快成瘾了。我并不老土，我知道有很多人养的动物别说我没见过，就是连名字我都没听说过。从电视和网络上，我看见他们在养掌上松鼠、黄色巨蜥、白色的蛇、绿毛龟和红色的犬等等。我诧异他们的胆识和执着，也为他们一掷百万金养宠物而咋舌。我想他们或许是在斗富、斗奇，同时也在寻着慰藉和商机。

而前些天儿子打电话说，他的工作要调动，不能养牧羊犬了，想把犬送回来养。接电话时我没有立即表态，在那儿沉思了很久。我知道养犬有可能再次伤着自己，如果说不养，从儿子的口气中，知道他已经非常喜欢这条犬了，或许不养有可能伤着儿子。就这样，让我对养这条牧羊犬产生了纠结。

至今提起那次唯一的养犬事件仍然心痛。搬家后，有人专门给我送来了一条小京巴犬，当时不知是有了喜庆才有了喜爱，或是有了喜爱才有了兴致。总之，那条小京巴犬确实招人喜欢，无论是它的一双大眼睛还是好看的脸蛋，以及一身的纯白毛，都让人疼爱。特别是它似乎通人性的一些举动，让你感到生活中平添了许多的乐趣。

可是，又是因为我的无知和过于宠着，而无情地伤害了它。后来才知道那小家伙因贪吃引来了大难，它吃了大量的咸肉和卤骨头后，肠胃受不了，先是拉稀，后是拉血。我赶紧把它送到动物医院，可已经迟了。这时我才知道，自己是无意中成了凶手，虽然这是我不愿意看到的，但是生活中就是这样，不是好心都会办好事，往往是无意中成了罪人。这个教训教会了我对待任何事情都需要细心和耐心，首先去遵循它的规律，然后才去施以援手。

　　我把小京巴犬带回家里，每天都渴望它能进食并出现奇迹。但它一直是趴在那里拿眼睛看我，一点没有吃的意思，直到它离去。最让我难忘的是小京巴犬很爱干净，就在它死去的头一天，在它不愿动的情况下，它还是让我给它洗了一个澡。死去的时候，它的头钻进我特意为它做的纸箱盒窝里。

　　把小京巴犬掩埋之后，我就发誓再也不养犬了，不是因为犬的问题，而是怕自己伤心不起。

　　但是，儿子的这条牧羊犬我怎样才能拒绝呢？我寻了很多的理由告知儿子，比如说我们没有养犬的条件、没有养犬的知识、没有养犬的心情等等。可儿子却坚持说，等犬带回来了你们肯定会喜欢它的。或许是出于对儿子的喜爱，或许是出于对小时候没有很好关心儿子的一种补偿，或许是……总之，这条牧羊犬就站在我家的院子里。

　　要说狗仗人势这话真的不假。那天，儿子把牧羊犬带回来时，邻家的一条比巴掌大不了多少的小狗，竟把半米多高的牧羊犬撵得四处躲藏，引得看热闹的人们一阵哈哈大笑。也许那条小狗在想，这是我的地盘，不许外来狗靠近。

　　落户的牧羊犬除了示好外，还展现了各种技能。它总喜欢来到你的面前讨好，不是用双爪扒在你的身上，就是用一只爪与你握手，然后坐在你的对面拿不太大的眼睛看着你。有时还让你抚摸它的小耳朵、额头和毛发，这时它会安静地看着你，像是在倾听，也像是在等着你发出的指令。

　　每当你让它坐在那里或是躺在那里时，虽然它极不情愿，但它总是会按你的意思去做，让你做足了主人的尊严。

　　世上最可爱的也是最可怕的莫过于一个情字，如果与情字沾上了边，那么就离痴字和付出不远了。譬如步入深爱中的女子，譬如那割舍不了的亲情与友情。不过情字用好了也会焕发出力量，就像爱情可以让人燃烧，亲情可以让人忘我，而怜悯和恻隐之心可以唤起大爱一样，让你拥有时备感幸福，可放下时却更加难了。

但是，由于牧羊犬的天性使然，它注定是好动的。原本它是牧羊人的助手，去牵引、去制止、去游牧那些羊和牛的。而我们需要的是平安和宁静，这样就与牧羊犬产生了矛盾。原来儿子每天早上和晚上都是要去遛狗的，去放牧它的天性和自由。可我们没有那么多的时间与精力，斗争的结果是牧羊犬把排泄物留在屋里，把垃圾桶里的垃圾玩耍得一塌糊涂。

更有甚者，每次出去遛狗的时候，都需要向别人解释这犬不咬人。但那么大的身躯和尖长的嘴，着实让人生畏。同时，我们从邻居那上小学和上幼儿班的孩子以及大人的脸上，读懂了他们的不满与恐惧。

经过一番思考之后，我们考虑起牧羊犬的归宿问题。开始儿子不忍，毕竟那么长时间的交流，与犬产生了好感。我就耐心地做起儿子的思想工作，我知道我是说给儿子听的，同时也是说给我自己听的。我说，可能生活中就有这么一段与犬的缘分，但它毕竟是我们生命中的过客，缘尽了，情也就过了。或许选择懂犬、喜犬、惜犬的人家才是犬的幸福，也是我们的希望。我知道这句连我都没有说服的话，是不好说服儿子的，但我们都知道我们真的是不适合再养犬了。

犬送出的第一户人家，在三天后又把犬送了回来，原因是家中的母女因犬产生了矛盾，不得已又送回了犬。送回来的犬看见我们更加亲热，它不知发生了什么事，或许犬在想，是出去遛遛弯，怎么这长时间没有见到主人呢？

我们也有同感，生怕它饿着、渴着，也有久别重逢的感觉。随之，妻动了恻隐之心。

可是与犬的矛盾依然没有解决，我们都知道情感是一回事，生活又是另一回事，当它们发生冲突的时候，我们只有无奈。

最终，我们找到的这人是个爱犬之人，他不仅欣赏犬，更主要的是知道该怎样去爱护犬，这也让我们的心里有了很大的安慰。

那天晚上，我把犬送给那人时，犬怎么也不愿跟他走，总是围在我和妻的身边转悠，不肯离我们而去。还是我想起了犬的特点，拿起套子和铁链，犬一看就来了精神，以为又是去遛弯，就主动伸长脖子，让我套住，然后欢快地向道上跑去，我顺势把铁链交给那人。还好，是在晚上，犬没有见到我们依依不舍的眼神。还好，它只是一动物，它爱好游走的天性，让它淡出了我们的视线。

事后有个知道我们让犬的人跟我讲，那是一条名犬，是值很多钱的。我淡淡地一笑说，有些东西根本不能用钱来交流，如果那人给我钱的话，我是断然不会让他把犬带走的。

茶之味

茶的哲学

我始终没有弄明白，该是把长在山上的茶和经过涅槃或是嬗变后的茶怎样去称谓。按说不能统一叫茶，虽然在情感上我们不能划分，但我们喝到口中的茶之于长在山上的茶已经发生了物理的、化学的变化，是由一种物质的逝去，到另一种物质的重生。

这也许就是茶的哲学。我也知道，茶与茶之间是有区别的，从颜色上看，有绿茶、红茶、黄茶等等之分；从味道上讲，有清香、淡香、郁香、茉莉花香等等；从制作方法上看，有发酵的和不发酵的。这就使茶有了多重性，从而也就适合了不同人的口味。不过，可能是我生在豫南的缘由，习惯上总是以绿茶而概称茶了。

在我们老家豫南，有人把刚采来的叶子叫茶草。我想，草一说，似乎恰当些，这也让我想到了"尝百草、济苍生"的典故，这里的草自然包括叶。由草及叶，由叶到茶，既合情合理，又升华了茶的本质和想象。

还有就是，人们又把茶草叫作青，于是就有了采青、晒青、杀青等一系列采茶、制作茶的活动。

采青，这也许是源于古时人们喜欢踏青的缘故，结果就起了一个这么样的名字。采青一词极富想象力，有采择春天气息的构想，也有放飞心灵的寓意，是浪漫加情怀的结合体。

采青大都是姑娘们完成的，她们三五一组，十人一群，穿着蓝底花边的衣服，戴着草帽，活跃在梯田般的茶园中。采集的是天地灵气，沐浴着早春的阳光，时而伴着歌声，时而撩起细雾，在高山之上，茶园之间，采一叶一芽的茶青，然后置于篮内。每当装满篮以后，又将所采的茶青运回茶农的家里，等待茶的制作。这种往返的整个活动，像蝶翩舞，更像蜂酿蜜。

而晒青，就是另一番韵味了。晒青，是把刚采的茶叶进行晾晒，有室内晒青和室外晒青两种。初看上去，室外晒青像茶农秀着自家的山珍，也像晒着自家的幸福。晒青的目的，是把茶青采下来后放在空气中，让它消失一部分的水分，免得让茶变得臃肿和浮躁。水分是透过叶脉有秩序地从叶子边缘或气孔蒸发出来的，每部分的细胞都在消失一定量的水分，只有这样，才能产生发酵的作用。如果失水过多，叶子晒干就会造成味薄。如果形成积水，没有搅拌好，会造成苦涩。

晒青的方式，是采取静置与浪青交替进行。静置就是放置不动，好让水分补给到边缘的地方。浪青就是搅拌，先是促使水分平均消失，然后借叶子的互相摩擦，促进氧化，以达到晒青的目的。

杀青，从字面上讲，就是动用武力。杀的是锐气，杀的是稚嫩，杀的是目无一切。任何事情都不能自由泛滥，如果超过度的话，就会走向事物的反面。杀青就是在关键的时候，用高温杀死叶细胞，停止发酵，使其保持一个良好的生活状态和精神状态。然后，去炒青与蒸青。

炒青是锤炼香气的，只有经过不断的锤炼，才能得到预想的效果，坚持的是百炼才能成钢的道理。蒸青则是保持翠绿，同时保留着植物原来的细胞纤维，从而也就保住茶的最初本色。

至于揉捻，是待杀青完成过后，将茶叶像揉面一样揉捻。经过反复的揉捻，揉去的是青涩，揉去的是岁月的痕迹，保留的是动人的身段。其作用有三：一是，揉破叶细胞，以利于冲泡，让我们可以喝到纯正、味美、可口的香茗；二是，揉成条形，使成品的茶和杯中的茶既丰富又多彩，特别是杯中，你不光可以看到婀娜多姿，还可以看到小鸟依人，更能看到银毫翻滚，相信其结果会是茶不醉人人自醉；三是，塑造不同的特性，适应更多人的口味。

烘干，说白了就是瘦身，使茶达到"窈窕淑女"的形状，这不仅仅是人们审美标准的需要，更是优良茶的品质需要。揉捻完茶以后，只算是初步完成，这时还需要把水分蒸发掉，这个过程称之为烘干。

烘干就是把那些不切实际的想法和虚假的成分全部烘走，保留本真与精华的东西。其过程是精心的、漫长的，不过，这事可急不得，也快不得，如果心急了，会适得其反，只有循序渐进，才能达到理想的效果……

如今，茶不仅实现了华丽的转身，还发生了巨大的变化，已不再是生津止渴的唯一饮品，而是赋予了其许多的时代特色和文化内涵。试想，如果把经过加工后的茶喝进口中、把春的气息留在心里，那种惬意，我相信是无法用语言描绘的。

一杯好茶，喝得出的是滋味，品不尽的是故事。

走出乡间的茶

成长于乡间的茶，有如清清的女子，不媚、不俗、不施粉黛，许是生在山巅之上、岩畔之间的缘故，就少了些娇贵和浮躁，多了些淳朴与自然。

乡间的茶，远离噪音，远离红尘，远离诱惑，也就出落成清秀和楚楚动人的形象了。

想来这生于山间、长于江南的茶，有灵动的水润着，有朦胧的雾罩着，有秀丽的花衬着，有多彩的蝶陪着，能不如江南女子般美好吗？

可有如江南女子般的茶，并没有集万种风情于一身，只是长成了高山儿女的模样，长成了深山老林里的精灵，就生活在朝阳的山间，就生长在如画一般的梯田之上，把茶园当成了家园。

总习惯于饮山间的甘露，总习惯于喝山里的清泉，日子虽然过得平淡，却生活得有滋有味，特别是把根扎进农家的土壤里以后，就有了许多乡土的秉性和气息。

是布谷鸟催工的号子，把茶从梦中唤醒，于是茶就探出一叶一芽的头来，看这缤纷的世界。

第一个接近茶的，就是那采茶的村姑，从那个时候开始，茶就传导了村姑的肤香。都说茶是最敏感的物质，也就有了较强的附属性。譬如长在兰花的四周，就有了兰花的香气；生在栗树的旁边，让人能喝出浓郁的栗香味来。

那么茶随了村姑以后，就有哪些变化呢？

先是茶农手把手地调教，从改造茶草的习性入手，再到采、炒、揉、制、焙等多重改变结束，每一个细节都在用心操作，每一个步骤都在严格要求。久了，茶就成了茶农眼中的孩子。

在乡间，茶的行走，是情感的纽带，也是生活中的调味品，所以不论乡间的茶走在哪里，都把生活的美好和惬意带到哪里。有时茶是劳作后的一杯解乏汁，有时茶是唠嗑中的助话液。家长里短、春夏秋冬都在茶里，道不尽的喜怒哀乐、说不完的甜酸苦辣也在茶里。

通常，乡间的茶把茶壶作为舞台，使一杯茶成为一个故事，一壶茶述说一段历史，让冲泡的人和品饮的人，都能找到自己的位置，都能喝出不同的滋味。

茶就这样在乡村中活着。

可是，有一天城市发现了乡间的茶，就像发现了乡间的小家碧玉一样，欣喜过后，接着是示好、求爱和接纳。结果，乡间的茶就大大方方地走进了城市。

　　而城市有城市的游戏和规则，乡间的茶也不例外，固然有那些养身的、养心的人都举着双手表示欢迎，但乡间的茶已经走进市场，走进了交易的方式，注定是要走进规律的。

　　改变乡间茶的，是那些经营茶的茶商，他们让乡间的茶，在上岗之前做许多前期的准备和培训。从简单的着装入手，到深入茶的核心，使茶形成了自己的品牌和系列。这样就像让一乡间的丫头有了贵妇人的仪容与仪态，随之走台和选秀，然后进行评比，后来获奖的站台上就有了乡间茶的位置。

　　行走在城市里面的茶，并不感到孤独，相反茶们都披上了多重的外衣，出入着不同的场合，感受着被认同、被欣赏、被宠爱的感觉。可茶并没有忘本，骨子里依然保持着自己的习性，当茶与一杯怀乡的水交锋之后，茶就露出原有的本色，清纯、可人，跳着杯中的舞蹈，释放着无穷的魅力。或许，这是城市人喜爱乡间茶的一个真正理由。

　　这时城市的茶商们并没有闲着，他们在改变着乡间茶命运的同时，也在改变着茶的内容与形式，绿茶、红茶、茉莉花茶的相继出现，使乡间的茶有了众多的姊妹，也让市民的生活变得多姿多彩。

　　茶与城市相互融入后，乡间的茶不再是朴素村姑的形象，而是渗透了许多文化的内涵。茶诗、茶歌、茶舞，还有音乐的环绕及茶的冲泡方式和品饮细节，都让喝茶者除了赏心以外，就该是悦目了。这个时候，茶是文化的使者，也是文化的载体，这种角色的转换，使茶像是伴侣，更像是知音。当一杯上好的茶，深入人们的内心时，那些品饮者愉悦的则是身体，爽朗的就该是思想了。

　　现如今，穿梭于城市里的茶，成为一种流行和时尚，虽然没有了在乡村时那种自如的感受，但茶以其独特的方式，让越来越热、越来越燥的城市变得温婉。无论是喝早茶的兴起，还是喝下午茶的推行，以及喝工夫茶的趋势，乡间的茶都在与城市发生着悄无声息的改变。

这种改变，不单单是改变了城市人的印象、城市人的习惯、城市人的口味，也在改变着城市人的品饮方式。相信，有朝一日，乡间的茶会打破许多的界限，甚至会成为一种国饮，到那时，茶的舞台不仅仅是在中国，也是在整个世界。

醉绿茶

当春风吹过田野，春雨润过谷物之后，茶也就适时登场了。家乡是著名的产茶区，每逢谷雨到来之前，我们都能喝到新上市的雨前毛尖。那可是一种上好的绿茶，每次喝它时，都能喝出不同的感受、别样的心情。许是有得天独厚条件的缘故，我竟养成了喜欢喝绿茶的习惯。在这大好的春光里，别人在忙着醉春，可我却忙着醉茶。

醉绿茶的过程，我是有讲究的。之前，须找一只透明的玻璃杯子，这样可以看到泡茶的全部。少许的茶立在杯里，初看是一种物质，从表象上去分析，它是无语的。而冲入沸水之后，它就产生了化学般的变化，水在慢慢升高，随之所有的情节和故事都会一一地展现出来。

这个时候，它不再是一杯普通的茶，变化了的茶，伴随着水和雾气一叶一叶地舒展开了，似刚睡醒的少女，缓缓地伸展着身姿，蒙眬中还带有些梦意，笑靥里依然存有余味。我不敢去猜想那里面是否有蝉声和鸟鸣，是否还有杜鹃的声音。但我可以肯定的是，茶和叶，都已还原了一个本真的自己。

水中的茶叶开始舞蹈，它们的舞台在杯中，它们的世界也在杯中，舞不尽的是风花雪月，舞不完的是春华秋实。

再看那些水，已不是一个透明的晶体了，它已着了茶的色调，它弥漫一股清香。有时候会是栗香，有时候也会是兰花香，能让人感受到它正生长在山崖或是小溪之畔，与兰花结伴吐芳。

品茶莫错过了绿茶与水交融后所产生的气体。说是蒸气，但更像是雾。那些雾袅然上升的形式独特而多姿，它会在杯口形成一个雾罩，在其上面环绕成多种形状，然后淡去在空中。因为有雾的导出和笼罩，绿茶中的香也就飘而不散了。

这雾妙呢，茶的前世，它是那雾锁茶园的雾，生长在山的半腰，护着茶林，吸纳阳光，孕育品质。可以说，它是茶叶的被、茶叶的衫、茶叶的守护神，从而它成全了高山茶不可取代的特色。而在茶的今生，它又是那锁香的雾，让茶的韵味在妙曼中久不散去，让人神往。

能喝上一杯好绿茶不是易事。季节对了，茶人对了，茶具对了，气氛对了，还不能缺少好水。好水出好茶，这话一点不虚。只有上好的井水，或是清澈的泉水或溪水，才会保持茶的纯净，才能泡出茶的香。"春茶香，夏茶涩，秋茶好喝摘不得"，会品茶的人，不光能喝出三季茶叶的味道，还能闻出来。

有人说绿茶太淡，不经泡，其实，品味一杯上等绿茶是世间最具诱惑的事情。那些茶水还未入口，其淡若清风的香气已沁入肺腑，而留在唇边的若有若无的甘甜，更是令人回味。而这些，只有真正静下心来品的人，才品得出万千风情。

醉绿茶，还醉在其实实在在的功效。《神农本草经》记载，绿茶味苦，饮之使人益思，能消食去腻，利尿止渴，消毒解酒，轻身明目。

茶圣陆羽在《茶经》里说：茶之为饮，生于名山秀水之间，得天地之精彩，儒家以之养廉，道家以之求静，佛学以之助禅。

而对于我辈而言，醉绿茶的过程仅是一次浅悟和畅想。人生滋味百般，茶味也各有千秋。绿茶，是最浅的一味，却也是最恒久的一味，因为它是春天赠送给世间的礼物，与万物自然最近，与平静的心最近。

在广场，看一位卖书法布的女孩临字帖

　　人在感到压抑的时候，总想采取一些措施，来缓解一下心里的不快情绪，比如与人进行交流、散步、酗酒等；再比如找一处能敞亮心境的场所透透心中的郁气。正好，这个处所有了，就在自家住房的西侧，城市的设计师们，新近在寸土寸金的黄柏山路，建起了一处文体广场。高兴之余，我在想，这不仅给市民提供了娱乐休闲的场地，也给这座城市增设了亮点。同时，更主要的是，给这座城市增添了动力或者是灵魂。

　　文体广场很大，能容纳几万人。文化、广播、体育、歌舞、新华书店等单位的加盟，让文体广场很具艺术气息，特别是巨大的电视屏和广场灯的投入，使文体广场成为了明星般的场所。这样一来，除了冬季，春、夏、秋三季的每一个夜晚，文体广场就成了市民晚饭后休闲的首选之地。

　　在多次游览了广场之后，觉得广场给我留下最深的印象就是博大、开阔和自由，一扫了街头巷尾那种鸡肠小肚的感觉。许是在小城待的时间长了，看惯了小弄小巷拥挤和堵塞的场面，渴望着有更大的活动空间，这下真好，总算遂了心愿。

　　从广场的角度来看，博大就意味着容纳，音乐、色彩、舞蹈，甚至是夜卖小店主的叫声，都融入其中，让文体广场热闹非凡。不过，这种嘈杂的局面没有让人烦躁，还好，人们各取所需，获得的心灵愉悦也都不一样。

对于我来说，每天吃过晚饭以后，都习惯性地来到这里，伸一伸懒腰，放松一下心情。然后，用欣赏的眼光去看待一切。

第一个走进我心灵深处的是母子俩。初看上去，母亲的身子比较宽，儿子的身体比较壮，可能是因母亲在教儿子学滑滑板的缘故，所以，根本没有看到母子间的灵活和柔软，看到的倒是机械性的重复。不过，没过多少个回合，大汗淋漓的母亲和不服输的儿子都败下阵来。

让我意想不到的是第二天和第三天晚上，母子俩依然是不离不弃，依然是重复着头一天的动作。当儿子真正从母亲的怀抱中平稳地走出之后，我看到了仍然端着双手做保护状的母亲站在那里。从远处看过去，我没看到母亲当时的表情，但我却看到了母亲的姿势。这件事一直铭记在我的心中，使我感动了好一阵子，直到遇见一个卖书法布的女孩为止。

那天，在广场中心的一角，我突然看到了一个卖书法布的女孩在那儿临字帖，好奇心驱使我上前去静静地观赏。女孩年龄不大，看上去该是妙龄时期，能有这样的举动，确实让我惊叹不已。说来，这里面是有原因的，曾经我也是一位狂热的书法爱好者，虽然字没有练成，却形成了嗜好，凡是有书法的地方我总是爱去凑凑热闹，久之，就养成了习惯。

我知道，书法，特别是钢笔书法，遭受的打击是巨大的，不说商品经济大潮的冲击，单说电脑的普及，就让一手漂亮的钢笔书法废了。可贵的是，毛笔书法仍有市场，虽然现在人们看书法，只是看重书法背后的利益，根本没有去看书法本身的价值。至于潜心苦练、扎实的基本功之类，更是无从谈起。但在这样一个年代里，还能有书法这个观念，已经是很不错的了。

说实话，我看书法是带着一种情结去看的，那里面既有欣赏的成分，也有在看别人看书法时的态度。

就在这个暑假期间，那个女孩几乎是天天来到广场，又在那同一个位置临字帖。临字帖用的台子很简单，是用三个泡沫板搭成的，在左上角还挂有一个太阳能手提灯。开始的时候，我以为她是专门在那里临字帖，或许是在练毅力，或许是在练意志，或许是在练心情。可当我走近时才发现，原来她是卖书法布的，临字帖只是她吸引人们眼球的一种方式。当时我看一眼后就想走开，但她那独特的书法布让我来了兴趣。

书法布不大，上面画了红色的方格，里面是那种米字形的，就像我们上学时用的书法本一样的格式，不过这不是书法纸，而是书法布，且不用时可以卷起。更神奇的是它不用墨汁，而用的是清水，但蘸过的清水在方格上写出之后，立即会出现墨水的效果，待清水干了以后，又可以恢复到原始状态。这种反复使用的书法布确实是一个卖点，可真正引人注目的却是一个女孩站在那里临字帖。

看上去，女孩临字帖的注意力，要远比她卖书法布的注意力集中得多，也可以说渐次达到了痴迷的地步。很多的时候，女孩都在自顾自地临着字帖，好像没有在意别人的观看和提问，那种专注似乎忘了自我。

一拨人走过来看看，又一拨人走过来看看，他们的反应差别很大，其结果每一个人看后的眼神都不一样，看得出有的是冲着热闹来的，有的是冲着稀奇来的，也有的是冲着女孩来的。

有一位个子不太高，略有些发福的人看后掉头就走，那种不屑一顾的神态都写在脸上，好像在说，写书法能值几个钱？从那走路的姿势中，我没看出此人的身份，但从那边走边剔牙的动作来看，我肯定他是一位计较得与失的人。

对于这种人，我真的无话可说，只能说道不同不相为谋。

一个美女走过来了，先是看看女孩，又看看书法，那种不解使她瞪大了眼睛，像是对自己说，也像是对别人说："怎么还有女孩在这儿写书法？"从她的话外音可以听出，女孩该是与胭脂粉打交道的，闲时去逛逛街、美美容，或是上上 QQ，把自己的精力放在这里，真是放错了地方。

我目送美女走过之后，又专门看看那女孩，发现她一点反应都没有，好像美女的话不是说给自己听的。当时我想，也许是女孩没有听见，也许是女孩过于专注，这才听之任之。

不过，也有很欣赏的。那是一位十来岁的小女孩，她一直站在旁边，用一双充满好奇的眼睛看着。我相信，在小女孩的眼中，认为女孩很神气，也很具魅力。不一会儿，小女孩竟走到女孩身边，主动要求尝试一下，女孩让出位子，小女孩腼腆地写下了几个字。

实事求是地讲，小女孩的字写得不怎么样，那一撇一捺远没有女孩写得地道，虽然女孩的字也不见功力，但她的间架结构搭配得非常合理，看上去很是舒服。

"不错，不错，真的不错！"一位脑门贼亮且上了年纪的男子，走到女孩身边，对女孩的字大加赞赏起来。他说，你小小的年龄就能写出一手好的书法，怎一个好字了得。又说，这书法写得很到位，真是一个好的苗子，将来你的前途不可估量啊！

女孩抬头看了看男子，报以一个微笑之后，又在那儿自顾自地临字帖，男子见女孩没有太大的回应，也就没有再鼓励的余地，只好不情愿地走开了。

倒是有一位留着长一些头发的男子，他直接上前拿过女孩手中的毛笔，在书法布上写了起来。他一边写一边还在说，你这种写法不对，书法讲究的是韵味，你没有把那神韵写出来。然后又在布上写出几个字，纠正了女孩写字的错误，要求女孩按照他写的字练上几遍，并说出了很多专业性的字眼。女孩先是蒙了一下，搞清情况后，谦虚地随他的字临习着。

这时围看的人越来越多，长发男子也越说越有精神。他不光在布上写着楷体字，还写起了行书和草书。随之，又大讲书体的特点、写法，并多次示范着自己那龙飞凤舞的书法。自然，长发男子赢得了许多的赞赏声。

　　我是在确实看不过去的时候，走上前去的，凭良心讲，我并没有想臊长发男子面子的意思。当时，我是以参与者的身份，向女孩示意想写几个字的。看来女孩很善解人意，主动把笔递给我，我就在布上写出了刚才长发男子让女孩写的几个字。

　　几个字一写出，那长发男子立即看看字，再看看我，然后告诉女孩说：对，这个"风"字和这个"香"字是可以这样写的，这样写才能看出书法的多样性。

　　我没有打断长发男子的话，只是在书法布上又写出了几个字，待我再抬头时，发现那长发男子已没了身影。女孩见了，和我相视一笑，也许是女孩见我的字写得自然一些、得体一些，随后就拿起笔临习起来，慢慢地我们就有了交谈。

　　女孩告诉我，自己是大二的学生，想趁暑假期间勤工俭学在广场边卖些书法布，以补贴学习之用，没想到竟喜欢上临习书法了。

　　现在想来，对于那件事情，我还是有些后悔，说真的，当时我就自责了。我的初衷，是怕女孩受到误导才拿起笔的，没想到出现了我不想看到的结果。不过好在没有影响到女孩的情绪，第二天她又出摊了。还好，那天是在晚上，没有更多的人看到整个事情的发生。

　　后来我又遇到一些人和一些事，但都没怎么打动我，我想，可能是有些事情我还没有放下。

　　如今，我又走到这里时，发现女孩出摊的位置已经被别人占了，那里传出了不同的气味和声音。于是，我掉转头就向别的地方走去，不一会儿，觉得整个身体都淹没在广场之中。

对落叶的只言片语

　　院子里有一棵桂花树，是多年前栽下的。这两年，桂花树枝繁叶茂，长势喜人，虽花时就那么十几天，可常青的树叶和郁郁葱葱的样子，也着实让人开心。特别是树叶换装时，满树的新绿展示着旺盛的生命活力，使人有一种蓬勃向上的心动。

　　不过，也有让人黯然神伤的时候，那就是阳春刚过，夜里开始有树叶落在地上，先是一片两片，后是十片八片。每天早上，我都会扫这些落叶，偶尔，还会拿起几片落下的叶子仔细看看。那天，当我再次捡起一些落叶观看时，竟胡思乱想起来。

　　我知道，"人生一世，草木一秋"的道理，但这春日里的落叶不知是属提前离岗还是正式退休。印象中，落叶该是秋天的产物，因为，那"秋风扫落叶"的民谚早已深入人心。可我现在看手中的树叶，怎么看，都没看出秋风的影子，也没看到秋凉的情景，倒是看出了不同落叶的一些端倪。

　　掉下的这些树叶，不是熟秋后那种橘黄色或是深红色带着梦想般的落叶，而是一些绿叶。虽然，有些叶子或多或少地存在一些问题，但大多数叶子还都是一片完整的绿色。百思不得其解中，我开始对手里几片不同的树叶进行细细的品味。

　　这片落叶，应是瓜熟蒂落型。从它圆润的蒂上，能看出，它没有不舍、没有留恋、没有挣扎，岁月或是雨雪，早已把它打磨成饱经风霜的模样，好像是已经完成了护花及陪衬的全部过程，一切都得到圆满，一切都将沉寂，无须大红大紫，也不需要索命般的悲催，归于平淡就好。

而这片叶子，就明显不同了。看上去，它还十分青绿，如青壮年一般，想想，是不该在这个时期凋谢的，最明显的一点，就是它的根部，不是脱落，而是部分撕裂，好像它落下时的不甘和呐喊还在。这时，我就对它有了过多的遐想：或许这叶是前些天，一场大雨造成的。因为，叶已习惯了暖暖的春境，没想到，会遭遇这倒春寒般连绵雨的来袭，伤了的，不仅仅是叶的锐气，还有叶的元气。其结果，就像温室里的花朵见不得强光一样蔫了。虽然，叶也挺立了几个早晨，但最终还是痛苦地飘零。又或许，这是长在最下端的叶，因长久失宠，造成孤寂、不合群而得了抑郁症后的放任。起初，对生活是有着过高要求的，反而事事都不那么顺心，看位置，自己是处在最低层，沐阳光没有别人好，浴雨露没有别人先，享风也淡，着云也轻，没能很好地感受到阳光雨露的滋润，最后自暴自弃，做出了错误的选择。还有可能，是早上一只鸟在树上鸣春，之后，被另一只鸟追逐与嬉戏，怕是情急之下，不承想一只鸟踏中了这片叶子，结果，这片叶子便成了爱情鸟的牺牲品……

瞧，这片树叶，明显已成病态，其叶脉的丝，出现了淡黄，可以肯定，它的血脉与筋骨出了问题。且，脉不通，营养不良，其命萎缩不说，单说那"通则不痛，痛则不通"的古训，就能把脉的功能和生存之难诠释到极致。更何况，筋骨是立身的基本，如果骨骼出现了症状，轻者见人就点头哈腰，重者匍匐不起，生命也就失去了原有的意义。

突然想起"落红不是无情物，化作春泥更护花"的诗句来，虽然这落叶不是落红，但有着异曲同工之妙，从大处讲，它们都是树的孩子，都是树的光荣和骄傲。再说，这落叶归根，不单是一种现象，也是一个道理，它给了我们许多想象的空间。可现如今的城市，由于水泥与大理石地的阻隔，落叶大都归不了根，它们的命运终将是被收集与归类，然后放逐到垃圾场等地进行流浪。

　　我和大多数人一样，会清理这些落下的树叶，既是为了院子的整洁，也是在收拾一种心情。偶尔，我还会这样去想：每日重复地打扫，看似是一次劳动，实则是一种安慰。

四一巷的烟火

　　每次走进母亲居住的四一巷，几乎都有新的发现，这种发现，不是我们常规想象里，所发生日新月异巨大变化的那种，而是与这个城市发展似乎有些不太相同的事情，或者说是比较落后的东西。不过，在我的眼中，看它们，就像母亲看这四一巷一样，慢慢地好了起来。

　　母亲刚搬到四一巷居住时，极不适应，心里总是有种焦虑感，好像什么都不对劲，看哪儿都觉得有些别扭。嘈杂的环境、居住的狭小、无邻里间的交往等，都让住惯了敞亮地的母亲感到憋屈。当时，我们以为母亲有新居恐惧症，或更年期之类的情况，都没太在意，而是尽量抽出时间去看她，安抚她的情绪。

　　不是我们没有让母亲和我们一起居住，而是她不愿意。她说，你们的生活习惯什么的，和我们都不相同，如果住在一起，相互之间都会受到影响，加之我们都还能动，单独住会方便一些。

　　其实，我们说母亲那儿，实际上就是父母的家。过去，父亲一人在城里工作，母亲和我们一起住在乡下，几乎是母亲一手把我们带大的。不知是和母亲一起居住时间长的因素，还是母亲在哪儿，家就在哪儿的缘故，我们总是爱把父母的家，称作母亲那儿。

　　无论是住在乡下，还是住在父亲单位的家属院里，居住地就是宽敞，活动的空间和范围也相对自由一些。只因父亲单位的房子拆迁，急需找一新的处所，这突然住到狭小和陌生的地方，给猝不及防的母亲，带来了较大的思想压力，很长一段时间，母亲都没转过神来，我们也不知道该如何是好。不过，母亲的自我调节能力真的很强，或许是在乡下积累的人脉经验和战胜困难的能力，让她在不长时间就适应了另一种生活方式，那就是与乡下人一样，开着门和邻居们进行面对面的交流。

　　母亲家开着门，挨近的邻居也都学着母亲家的做法，陆续地敞着自家的门，这样，交往起来就基本没了障碍。有些时候，大家干脆搬上家里的凳子，在路口通风的地方坐着，纳凉、做家务、说家常，从而使邻里之间少了些秘密，多了些相知。那次，我去看母亲时，发现母亲家的门上了锁，马上一邻居就跟我说，你母亲去医院打针了，一会儿就回来。

　　因为母亲住在这里，我们来往就多了些，渐渐地竟喜欢起这四一巷和巷子里的人。起初，给我印象最深的，便是巷口炸圆子的炉灶。炉支在一居户的门边，灶口对着巷子，每次我经过那儿，都可以看到灶膛里燃着的火苗，以及火苗上的炊烟和锅里腾起的蒸汽。不过，烟不大，汽也很淡。有时，我会特地站在那儿，看柴禾或是包装箱拆下的废木料燃烧的灶膛，红红火火的样子，让人容易升起片刻的暖意。

　　这种感觉好像是久违了的。记得小的时候，家里只有年前几天的灶膛才有这般火红，那红红的火，不仅能使人感受到温暖，还能提前品尝出年的滋味，因为年午饭和正月走亲戚的待客菜等，都是在这个时候灶膛上面诞生的。偶尔，我们在帮母亲打下手时，也会顺手牵羊拿上一两个圆子什么的先解解馋，母亲这个时候是不会责怪我们的，有时还会递上一个鼓励的眼神。再有的，就是三叔和小叔在村头支起的铁匠铺，每逢进入隆冬时节，铁匠铺都会修补和锻造一些农具。开炉时，我特爱去看那红火的炉膛，在风箱的作用下，那有停顿、有节奏的声音，伴着红红的火苗与飞溅的火花，还有叮当作响的锻造声，让人感觉身心都不再寒冷。

如今，这个炉灶，只是炸圆子和油条什么的，主要是为市民们提供早餐与纯正的地方风味小吃。有时，我看到赶早或是上班的人，边走边拿着油条吃的情形，真的觉得挺随和、挺惬意的。

一个星期六的上午，我看完母亲出来，特意在四一巷里走走，想切身感受一下小巷人家的生活，也想看看这个小巷自己的特色，因为心里不急，所以步子放得很慢。我发现，这里人的日子过得很散淡，不是紧张忙碌的那种。我看见，有一大妈在墙角边，用扇子煽火，燃引蜂窝煤，先是引火在大妈的扇子下着了起来，不一会，煤火也在大妈的扇子下着了起来，然后，她把引着了的火提到屋里。另一大妈，买菜回来后，便坐在自家门口择菜。这时，有两个说话的大妈走了过来，片刻之间，说话的大妈加入了择菜的行列，她们边说边择，到高兴处时还仰面哈哈一笑。有趣的是，一位穿白运动装的男子在另一墙角边练太极拳，他没有感觉到场地的狭小，也没有注意到路边的行人，从他那一招一式认真劲上看，好像一切只有他自己的世界。

在我看她们笑的时候，迎面走来了一位长者，从年龄上看有70岁的样子，他左手托个鸟笼，右手提个可以折叠的凳子。他走到一房檐前，伸手把鸟笼挂在那里，坐下后，从口袋里拿出杯子在那儿喝茶。依房檐看过去，我一下发现一个有趣的现象，那就是，这个小巷没有新建的楼房，一眼望不到边的小巷，居然全是过去那种青砖灰瓦式的建筑，看上去，虽然有些陈旧，但能从古朴中看到幽静，从劳作中看到悠闲，有一种世外桃源的感觉。

出于好奇，我走上前去，和长者攀谈起来。长者一笑说，这里不是城市发展的规划区，所以没有太大的变化。另外，城建方面还规定，凡临巷房翻建，必须向后退一米。长者接着说，本身就不宽的房子，再向后退一米，就没有翻修的意义了。在谈到开发商来开发时，长者说，开发商倒是来了，但他考察一番后摇摇头走了，临走时留下两句话，一句是这里的居户太多，还有一句是没有开发的价值。

离开巷子后，我一直在思考一个问题，至于没有得到开发，对于四一巷来说，不知该是憾事还是幸事。

转眼，一年一度的元宵节到了，这一天，按照当地的习惯，是需要到乡下扫墓送灯的。母亲特别注重这个，早早的，她就准备好了午饭，然后打电话让我们过去。饭后，我和哥哥就往乡下赶，好在路程不算太远，一个下午可以跑个来回。

返回的时候，母亲又为我们准备好了一切。吃过晚饭，我说，身上脏得很，得回去开空调、烧热水，好好洗个澡。母亲说，不用的，前面巷口拐弯的地方，有个澡堂，可以到那里去洗一洗。

我到澡堂一看，发现是一个非常不错的地方，彻底打破了我对路边澡堂脏、乱、差的印象。事后，听说这个澡堂原是一家人家的四合院，主人搬走后，就被一有心人买去稍加改建做了澡堂。

院子的东边是男澡堂，西边是女澡堂，中间是过道和服务台。澡堂最大的特点就是平民化，没有过分的装修，没有过多的设施，所以票价也比较低廉。不过，水质很清澈，四周也很干净。人行道是用小鹅卵石铺成的，既防滑又时尚。房子左边的一侧安有几个淋浴头，里面是个大大的浴池，淡蓝色的水面还飘着热气。我泡完澡，又淋洗一次后，感觉一切的灰尘与疲惫都随之而去，剩下的就是畅快和爽朗。

打那以后，我竟与这个澡堂结下了缘分，虽然自家也有洗浴的设施，但每次要洗澡，总是想去那个澡堂泡一泡，这不知是因为澡堂洗得舒服，还是与母亲住在那边有关。

那天，我去看母亲时，母亲一见到我就说，怎么几天没见你，你又瘦了？我说，没有啊，可能是头发长长了吧！母亲又说，怎么不去理呢？我说出了诸多的理由。母亲接着说，这好办，我们前面巷子里就有理发的，你去理一理。看着母亲的话没有商量的余地，我只好按她的意思去做。

理发店不大，倒也干净，虽靠在巷边，不是很嘈杂。有趣的是，理发的师傅一边理发，一边和我说着，还不时地与行走在四一巷里的路人打招呼，那情形像是在自家屋里聊天一般。感觉理发的师傅不仅精力充沛，而且信息量超大，什么大事小事和刚发生的事，他几乎都知道一些，至于是否真实，难说。可，事后想想，也没有必要去追究其准确性，只是在理发时作为消遣的话语也挺好。

在这儿理发，有很多不同的地方，师傅上来不问你的要求是什么，只是看看你的身体、看看你的脸型，然后就下剪，这和我过去在发廊里理发完全不一样。不过，一些程序完成后，莫说，自己觉得比任何一次理的都还精神些。心满意足后，我问师傅多少钱，师傅说五元。五元，才五元？我以为是听错了，师傅嘿嘿一笑说，就是这么多。

对于价格问题，我感受最深的不是这一次，而是那次的电器修理。母亲刚搬到这四一巷不久，我来看母亲时，竟意外地发现在巷子小拐角处有一修电器的招牌。心想，我家二楼的电视坏了很长时间，苦于找不到在哪儿修理，没想到在这儿碰上了。师傅听完我的介绍，说，可能没多大问题，你拿过来吧！果真没有多大问题，师傅当着我的面很快就修好了，并说是烧了一个电阻丝。我付钱时，他说不需要那么多，只收二三拾元就行。

也就是"不需要那么多"的一句话，在我的思想里打了个烙印，并让我再次遇到类似情况时，处于尴尬的境地。事情是这样的，谁承想时隔不久，我家客厅的大电视也坏了，看情形与小电视有相同之处，可能是那句话起了作用，也可能是大电视不方便搬动，于是我就拨通了那个品牌的客服电话。

很快，维修的师傅来了，检修的结果确实也是烧了电阻丝，当时我心想，是个小事，还能上门服务，真的不错。谁知师傅修好电视让我拿出购机发票，看完后，师傅说，你购机一年零两个月，已超过一年期的免费服务范围，需交费 190 元。我的大脑"轰"了一下，不知该说些什么好，镇定些后，我说，不就是换个电阻丝吗，怎么会要那么多钱？师傅说，没办法，这是我们的规定。看那师傅满脸公事公办的模样，虽然自己心里有个疙瘩，但转念一想，人是你请的，制度是别人定的，没办法，只好付钱了事。

来多了四一巷，就对四一巷有了进一步的了解。后来才知道，这四一巷，也叫一人巷，这中间还有一个耐人寻味的故事。

相传，清朝的时候，这里住着周宰相和程巡抚的家人，中间只隔着一人能行走的巷子，所以叫一人巷。一天周宰相的家人翻建房子，想向外阔出一墙，谁知邻居程巡抚的家人坚决不同意，官司打到县里和州里。这期间，周宰相的家人想打赢官司，就向宰相写了一封家书。接到回信打开一看，见上面写道："一纸书来只为墙，让他三尺又何妨。万里长城今犹在，不见当年秦始皇。"宰相的家人很快就按宰相的意思做了。这程巡抚的家人一见，说，既然宰相家能让出三尺，我们也应该回让三尺。结果就有了一条比原来宽四倍的巷子，后来人们为了记住这件事，就把这条巷子叫四一巷了。

对于四一巷来说，许多东西是需要慢慢发现的，比如巷子里的烧饼，虽然它只是一个小吃，却在市民的心中占有重要的位置。其实，烧饼在其他地方也有，但吃着没有这儿的正宗，甚至味道相差很远。这是我在当地一论坛上看到的，由于我每次来这里都是上午，而做烧饼恰恰是在下午，所以就有了失之交臂。还好，论坛给我做了些引领，才使我认识了它。

论坛上说，县志里，有对烧饼这么一小段记载：起酥肉馅烧饼，为小城传统风味小吃，主料面粉、猪肉、香油等，包馅成型后，贴炉烤炭，文火烤成，外焦里软，咸香可口。

　　我特地选了一个下午下班后来到这里，想目睹和品尝一下烧饼的制作与口味。结果如愿，我看到了烧饼的制作全过程，还和师傅进行了面对面的交谈。师傅说，和面要反复地捶打，然后把面揪成一小坨坨，放入肉馅，在掌心里团几下，再左右拉扯成型，放些芝麻香油后送至火塘中用炭火烤制。不一会工夫，就闻到一缕缕香气，扑面而来。在这深秋的晚上，我拿起一个热气腾腾刚出炉的烧饼，一口咬下去，顿时觉得，满嘴香酥，回味持久。

　　后来，为了想吃着方便，我在自己的家里，用电饼铛试着去做小城烧饼。在选好面粉、五花肉、香葱、芝麻、香油等后，就按小巷师傅所说的配料、程序、烤制方法去做。但怎么做，都做不出那种口感。在百思不得其解的情况下，突然，我想到了小巷的火塘与炉灶，立刻，我明白了，这烧饼里什么都不缺，唯一缺少的便是烟火的味道。

　　中秋节的那个中午，我兴冲冲地从四一巷出来时，一下遇到了多年未见的老同学，寒暄过后，他很诧异地问我来此何事，我说，是因我的父母住在这儿。

城边桃事

如今的城市，只要你细心地去观察，就会发现，它们无论大小，都在发生着悄无声息的变化，就像我们穿着的衣服一样，在不断地变换着色彩、质地和样式。虽然，每一个城市有自己不同的特点，但总的来看，都是朝着越来越美丽的方向发展的。就我身边的这个小城而言，是桃扮靓了四周，让我们在悦目的同时，也有了许多赏心的感受。

心醉北桃花坡

这个春天似乎雨水多了些，随之就有了一颗潮湿的心。懵懵懂懂之中，感觉不太明显的春季还是如期地来了，然后那些花儿就临风盛开，比如桃花、梨花以及迎春花之类。

是论坛的邀请和倾情渲染，才使我这个不谙花事的人，下定了去看桃花的决心。

其实，桃花离我们真的很近。

出城向北不到三里地，就是人们提及的北桃花坡了，久居小城，竟然不知还有这样一个地方。虽然，原来提起北桃花坡时，总会让人想到陶渊明那理想主义的《桃花源记》来，但现实中的北桃花坡却让我又深信了一个道理，那就是"生活中不是缺少美，而是缺少发现"的这一说法。

初看上去，北桃花坡是比较隐蔽的，因为它被宽宽的且满满的一渠流动的水围绕着。如果不是知情者带路，我们是无论如何也想象不出，就在三两户村民居住地的山坡背后，就在金黄金黄的油菜花开满道口的深处，桃花们都在那儿尽情地开着。

那不是一棵两棵的桃树，而是半山坡的桃林。一眼望去，那些盛开的桃花不仅仅是耀眼夺目，简直就是让人目瞪口呆。说实话，早在我的心底，留存着的除了"桃之夭夭，灼灼其华"和"投之以桃，报之以李"外，那就是"池塘岸边两棵桃，花开应时最知春"了。有那么三两棵桃树在田间或是地头散淡地开着花，那是一种点缀，也是一种释放。那些花或是开在洒满露珠和飘着淡淡炊烟的清晨；或是开在响着牧笛回音的傍晚，让乡村充满诗意和想象。可眼前的一切，让我不得不去慢慢地欣赏，细细地品味。

桃花坡很大，它面向西北，前方是一条宽敞的河道，环绕的是一条浇灌用的河渠。我想这也许是种桃人精心挑选的，因为它不仅有丰厚的水源，充足的光照，最主要的是它的隐蔽性较好，不容易让别人发现。我原以为那样的话，花的盛开和果实的成熟都让种桃人自己享受了。但当看到桃花坡里有两个空着的看桃棚时，我就一直在纳闷，为什么人们总是习惯于只守果实不守花呢？

还好桃花并没有因为主人的喜好而放弃斗艳的机会。那张张粉红的笑脸依然灿烂着、明媚着，甚至不需要绿叶的陪衬就竞相绽放了。那种绽放是炽热的，也是燃情的。从一朵到两朵，从一枝到两枝，从一棵到多棵，硬是把个山坡开放得烂漫无比。

最爽朗的事，是走在花枝交错形成的花棚通道时，会让人心无旁骛。看着那些花或者蕾，你想它在笑时它就在笑，你想它在说时它就在说。行走的时候，你可以用心灵与心灵去沟通，但最好不要去触摸或者碰撞，不然的话从并不太高的通道走出时，你的头上身上都会落满花瓣和花蕊的。

看一棵树的桃花盛开，往往会让你更加专注。无论是才露出小脸的绿叶，还是沾满露珠的晶蕊，或是挺着五个瓣的花儿，都会让你产生联想。这个时候你会突然发现，桃花原来还有深红、粉红和淡白之分。

此刻我不管怎么去想，也想象不出黛玉葬花的那种心情来。虽然我没有看桃花那种刻骨铭心的经历，但还是能体会出崔护"去年今日此门中，人面桃花相映红，人面不知何处去，桃花依旧笑春风"一诗的韵味；不过最解此时桃花风情的，该是吴融的诗句"满树和娇烂漫红，万枝丹彩灼春融"；可是能体现此景的还是杜甫所说的"桃花一簇开无主，可爱深红映浅红"了……

"在那桃花盛开的地方，有我迷人的故乡……"是一首男高音在花丛中升起，循声望去，原来是一位男网友到动情处时在放声歌唱。

当我回过神的一刹那，就发现那些摄友们正在抓拍桃花和人的笑容。出于好奇，我走了过去，从他们的镜头里，我看到的既有素面的桃花，也有着意的身影，不过大家都乐在其中，收获在其中。

可以肯定的是，这个时候的我，思想虽然还没转过弯来，但心和桃花却一起开了。

一个人的南桃园

之前，我是有过去北桃花坡和南桃花园看桃花的，当时的欣喜与诧异程度确实令人难以忘怀。后来我还在想，啥时候这座小城已被桃花完成了包围？

一位知情者一语中的。他说，难道你对身边的每一个变化都亲自感受了吗？想想也是，每一个幸福的过程都是在悄悄地进行着的，就像出生一百天的小侄儿慢慢长大一样，成长似乎已经忽略，但美好却时时相随。

就说去北桃花坡吧，因有网友的指路，才有了发现。通常我们住在城里的时候，只知道该吃桃了、该吃杏了、该吃草莓了……可很少去想那些果的花朵和色彩，自然在吃的时候才会想到，该是到了某一个季节。

今年的南桃花园之行，亦是热闹非凡的。不管是人员、心情，还是色彩，都让人流连。所不同的是南桃花园是依公路两旁建的，其间有池塘、菜园和开满黄色油菜花的坡地。

我们去的园是在公路的西面，那阳光可以说并不吝啬，朗照的光线透过笑声，让桃花都受到感染，结果每一朵花或者蕾都张开了笑脸。就在当时，我满怀激情地下了决心，一定要把这种场景记录下来。

可是回来三天一直没有动笔，总觉得没有角度，没有特色，也没有情归。

那天下午，我独自一人又去了南桃花园，想找些感觉或是感动。我直接进入了南桃花园的深处，没想到我真的遂愿了。不论是心境，还是养眼，包括那份宁静，让我的思想有了一个概念，那就是一个人的桃花，开出了另一样的心情。

通常生活的多彩与热闹是和大家一起共赏的，彼此之间都能释放出一种情愫，或是影响、或是盲从，很难注意到个中的细节，往往会产生一些疏忽，甚至是遗忘。

一个人看桃花的时候，最大的优点就是拥有。情感的专一、场地的独自，还有那缤纷的倾情和聆听，就像一位歌手独享着舞台，观众的眼神、舞池的灯光、音乐的节拍都随声音的起伏而律动，所产生的效果则是和谐与统一。

桃花好像没有留意我的到来，在那儿自顾自地开放或者沉思。那种状态没有让我看出"人面桃花相映红"的情景，倒是看到了素面桃花的本质。原来桃花不仅有多重的色彩，而且也是有着绿叶作陪衬的。就在花的下边有一片或是两片较小的叶跟在身后，间或是露珠的因素使其闪出星点的光来。或许平时我们只注重花的妩媚，对叶的存在不是疏忽就是忘却。

一只蝶翩翩地飞了过来，轻盈地落在花的瓣上，然后做一些亲密的动作。我真的看呆了，不是说我没有看见过蝶飞，而是在这早春的时候，还不是蝶舞的季节。在我的印象中，那些花姿招展的蝶们，总是喜欢温暖的环境和热闹的场面，从不去关心花的开落与季节的属性。出于好奇，我就细心地看了过去。这是一只黑底花边的蝶，个头不大，脊背上有两对长短不一的翅膀，身体还很瘦弱，也不知是属于蝶类的哪一种，但可以肯定的是，它是蝶中最坚强的一只。

索性我就坐在桃花丛下面的草坪中，去感受花的芬芳和呼吸，让心去亲近、去感触或者去放飞。坪上的草大都是今年新长出的，也有去岁留下的梦想。初看上去时，这片绿地像青绒，也像地毯，落座后我就躺了下去。

躺在草坪上看天，结果阳光和蓝天都成了背景，唯有花开的笑脸与长短的花枝在那儿尽情地写意，错落、纷繁和生动都呈现在眼前。临了，我就闭上眼睛，想去听蝶与花的交流和蕾在成长的声音。

可是我的眼前却飞动着雪花。那是一个多彩的夜晚，雪拥抱了一切，就在一个亮着的路灯下面，站着的我敞开了双臂，任凭鹅毛般的雪花包围周身。那是灯光下的雪飞，也是一个人的拥有。那一刻，我感到的是雪在飘逸，我在舞蹈。

"叽啾，叽啾……"是一声声鸟鸣让我打开了眼睛。那声音虽然微小，却很清脆，几乎是不在意就难以听到它的声响。我循声找去，终于在一束花的身后看见了它。见我没动，鸟才大胆一些。

这是一只我叫不上名的鸟，身体瘦小而灵活。除眼晕呈白色外，通身为褐色，唯有翅膀上略带些黄点。鸟总是习惯于藏在树杈边，或是花朵的深处，就是探出一点点头来，也都在作惊恐状。当看到确实没有敌意后，才灵活地穿梭在花丛之间。

我不想破坏这和谐的局面，更不想赶走这花中的精灵。于是，我就在那儿愉悦地享受，愉快地畅想。

一个人的桃花真的很美，静的时候可以感受它的脉动，闹的时候可以听到鸟语和花开。我想，这不仅仅是一道风景，也是一个世界。

看桃也是一种幸福

城边的两大处桃园，之前，我都造访过，不仅留下了足迹，也留下了文字。实事求是地讲，那都是冲着桃花去的，阳春三月，桃花遍地，无论是诗情、画意，还是春心，都荡漾着一种激情。在当时，就给我留下了一个深刻的印象，那就是桃树的一生是为着花开而来的。

可是，有了这次看桃之后，我就不这样认为了。

也许是一种冲动，或者是情趣使然，又可能是满街桃子的昭示，让我竟有了想法去看看那片本该是春天才愿意走进的、县城以北的桃园。

这是一个雨后初晴的下午，阳光并不强烈，倒是雨洗过的桃园更加清丽和爽朗。可能是由于雨的原因，桃园内的行人并不多见，只是偶尔看到几个摘桃和卖桃人的身影。在这种情况下，看桃就有另一番情趣了。

雨淋过的桃树有了早春那般青翠，虽然没有桃花映衬下的妩媚，却也有桃满枝头的丰腴。特别是那些刚刚泛白或者是泛红的桃，在一片绿色之中，显得分外地耀眼和夺目。

说实话，这个时候真的愿意和桃相处。就在桃的下面散着漫步，欣赏一园的桃色，看叶的葱郁，看桃的成熟，把思想深处不愿想的事情都放在一边，心情自然就愉快了起来。

漫步中，就发现有两个村姑在摘桃，一个村姑攀爬在树枝上采摘，另一个村姑在树下当着助手。桃篮时而在地上的村姑手中举着，时而放在树梢上挂着，不一会儿，那些带着红尖或是红边的桃，就采了满满一篮。

我没看见她们的运桃方式，也不想看见采完桃后的空桃树，于是就继续向前走去。

还好，摘桃的人没有再次出现，小路旁只有我、桃树和满树青的、淡白的和露出点点红的桃。

整个桃园十分地宁静，没有人声，没有狗吠，甚至是一只蝴蝶的飞过都有些奢侈。好在我是一个不太喜欢热闹的人，这种场景的契合，也就随了我的心愿。

忽然，在一路口处，我看见了一个卖桃的人。看上去，说是卖桃，不如说是守桃。除很简单的木架上，堆着排列整齐的桃外，那就是地上放着的一篮新桃，不知是刚才那两位村姑送来的，还是卖桃人自己采摘的。总之，这里只有静静的桃和坐在桃后的卖桃人，没有见到一个买桃的，哪怕是一位行人路过。

就在卖桃人的不远处，我发现了守桃园用的棚。记得我在年初看桃花时，曾仔细观察过，当时棚中无人，没有看见有守花的迹象，那时我在自问，这种桃人为什么只守桃熟而不守花开呢？现在想想，或许他有自己的道理，因为守候成熟会给他带来一种期望和满足。

再行时，就看见满满的一渠水了。这是一条很大的渠，宽度和深度都超过了 20 米，由于近来比较干旱，这渠自然就派上了用场。看上去渠水很欢快，也像是很留恋，因为在很多处我都看见有回旋的涡。许是曾经浇灌和滋润过这里，许是见惯了这里的花开和桃红，这才有了依依不舍的流连。

我在渠埂上漫着步子，心和渠水一样缠绵。可我并没有看到古谚那样的桃花有意和流水无情，相反看到的是相得益彰的欢快与喜悦，这不仅仅是此时我一个人的想法，还有渠边那众多的、排成排的、半米多高、开着白色小花、叫不上名的花朵作了见证。

行走在半是渠水，半是桃园的地方看桃，心就多了许多的感慨。此时，就这样静静地看树上的桃，没有欲望、没有交易、没有占有……剩下的就只是享受。

对于桃树而言，我想，欣赏花的盛开是一种美好，而观看桃的成熟则也是一种幸福。

第三辑
情感深处的花

感谢病痛

一

我在卫生间里倒下的那一刻，神智是很清楚的，不是浑然不知，猝然倒地的那种，只是觉得身体不听指挥了，也没有了可使劲的力量。就那么笨重的一下躺在地上，然后片刻没了知觉。后来，医生告诉我说，那是出血性休克，是暂时的昏厥。

倒下之时，我没有飘忽的意识，也没有痛苦和难耐，更没有梦幻般的感受，只是觉得一切都变暗淡了，一切都渺茫了。当时，心里还在想，是不是就这么完了？看来生命竟然如此的脆弱！现在想想，那里面既有不甘也有不忍。我知道这不是自己没有尝尽人间甜酸苦辣的原因，而是还有诸多的事没有去做，那样也是对家庭、妻子和孩子的一种不负责任，或者说是一种伤害。特别是我还有始终牢记的一个宗旨，那就是：父母在，不能不孝。

我很欣赏这么一句话，说的是，人到中年的时候，是挑着担子在走路的，如果一步没有走好，小则是个趔趄，大到会摔倒，只有稳当的、合适的步履才会踏实。前些时候，我有一位亲戚，都近七十岁的人了，不服老、不听家人劝，还挑着柴去城里卖，结果在路上摔了一跤，骨折了，住了很长时间的院，至今都留有伤痕。后来，我就寻思着，在这方面，自己应追寻的一个原则该是，健康地行走，让在乎你的人安心。

还好，我家卫生间的后窗是开着的，微微的风透过窗子吹在我的身上，让我又逐渐恢复了清醒。这个时候所发生的事，妻子是不知道的，因为之前没有征兆、没有声音、没有动静，一切都再平常不过了，只是我感觉到了一次生死的轮回。

当我清醒的一刹那，心想不好，可能又是中毒了。曾经的那次经历，现在想来都后怕。当时没有空调，没有很好的取暖设施，是在一个冬天的晚上，我想洗澡，随之自作主张地烧了热水，然后燃起一盆炭火，关了门窗，就在狭小的卫生间里洗了起来。期间，感觉很暖和、很舒服，可洗完后就一下倒在地上。妻子慌忙找人把我抬上床，让我平躺着在床上休息，之后打开了所有的通风口。那是我第一次感触到了危机，心慌、胸闷、眩晕、无助、讲不出话来。事后，医生说是因为洗澡时没有透气，中了炭毒，很危险的。虽然我心有余悸，而当时我只是笑笑说，没什么，权当是对我生命的一次考验。

醒后，我在第一时间想到的就是，必须尽快回到卧室打开窗户，让屋子通风，因为妻子还在休息，绝不能让她也中毒。我艰难地回到屋里开完窗后，身体给我的信号是，还需回到卫生间。

在卫生间里我发现了便血，且是黑色，我知道出状况了，肯定是肠胃的问题。我的心里立即紧张起来，赶紧喊妻子，说，你带上医疗卡，我们得去医院。妻子不知发生了什么，来到卫生间时，见我正坐在地上，连头都抬不起来，她就知道了事情的严重性，于是立马打电话请人帮忙。

这时我也从二楼缓慢地来到一楼，想做一些准备，好去医院检查。可我还没来得及做什么，又是一阵内急。我只好来到一楼的卫生间，结果解出了大量的黑便，还带有部分的血水。之后，又是很虚弱的昏晕，随即坐在地上。片刻，稍醒后，理智告诉我，需挪到通风的门口，让自己尽量清醒些，不然还会晕倒。结果，我使出所有的力气，才完成了心中的这一想法。

二

没想到来敲门的是小妹婿，原本妻子在紧张中拨通了大哥的手机，谁知不巧的是，大哥又出差在外地，后来大哥只好把电话打到小妹婿那里。

小妹婿见到我时，确实吃惊不小。因为在他的心中，这近二十年来，我一直是以乐观、积极、向上的形象展现在他的面前的，从没有因为意外、受伤、病痛什么的留下不爽的印象。就像很多的时候，人们都习惯把光鲜的一面留给别人，把邋遢、软弱、胆小还有秘密等等留给自己一样。我也不例外，通常我就想，这既是对别人的尊重，也是对自己的保护，让大家都有一个自我的空间。而这次小妹婿真的是吓到了，他见我坐在地上，面如土色，苍白的脸上没有表情。当时，不知他的心里在犯什么嘀咕。不过，他很快镇静下来，决定赶紧用车把我拉到医院。

可我连走出去坐车的力气都没有了。看着小妹婿瘦弱的身体，我说，还是骑摩托车吧，那样迎风还可以清醒一下头脑。这个时候我需要的是清醒，真的不想再晕过去。小妹婿看看我，没有坚持，就把我的摩托车推到门口。

我坐上车，双手就尽量抓牢小妹婿的衣服。当时，与其说是抓牢，还不如说是搭在小妹婿的身上，那一刻，感觉连四两的力气都没有。车在风中缓慢地行走，不一会我感到又是一阵的昏晕，只觉得树开始在身后不断地倒下，四周也变得模糊起来。可我的意识依然清醒，我知道我们是在去医院的路上。车到拐弯时，我发现小妹婿竟走反了方向，于是，我无力地说出了两个字：左边。

没想到小妹婿此时比我还紧张，在这关键的时候，他竟慌不择路。从他的反应中，就可想而知，当时的情况有多么的危险。

在医院的门口下车时，我确实不能走了，又是一屁股坐地上。之前与医院联系的是直接去住院部十一楼的内科，看来是无法上楼了，商量的结果，是去一楼的急诊室。

当医护人员采取输液、止血等一些措施后，病情就开始趋于稳定和缓解。这不仅让陪同我的人放下心来，也让我自己感觉到不那么胸闷、昏晕和紧张了。事后，小妹婿说，吊针打到第二瓶时，就发现我的面色好看了一些，但在医院门口的时候，可能是因为虚弱、出血，再加上长时间风吹，那脸色如死人般难看，真让人害怕和揪心。

我转到住院部的十一楼内科住下后，所有的症状都开始好转，心情也平复了许多。这时母亲举着吊瓶来看我。见到母亲时，我的心一下酸楚起来。昨天下午，去母亲那里时，知道母亲的老毛病又犯了，且下肢水肿厉害，影响到了走路。原本，我说第二天陪母亲去医院看病的，可没想到自己倒先来了医院。

母亲拉着我的手时，我的眼泪流了出来。我知道，从小到大，母亲因为我没有少操心、少着急。还在幼年时，母亲就为我留下了病根，到老了，哮喘、糖尿病、支气管炎等又引发了多种疾病，折磨得她骨瘦如柴，但如今我已经长大，却无法为她分担什么。见我有泪，母亲的眼睛也湿润了。可母亲怎么也不知道，孩子在那危难的时刻，首先想到的是母亲，假如我有个三长两短的话，最对不起的该是母亲。因为没有能很好地尽孝，也绝不能让白发人送黑发人，如果是那样，将是何等的残酷!?

接下来，医生把该考虑的事都考虑过了，在治疗的过程中，止血、护胃、营养一齐上。在问到出血的部位和原因时，医生说，为了不造成新的出血，目前的任务就是治疗和等待。

三

等待的过程往往是焦急的。很多的时候，因等待的目的不一样，其等待的结果也会各自不同。比如等待爱情时，时时刻刻都充满着美好；而等待死亡时，分分秒秒都会是挣扎与痛苦；在等待未知时，脑海里总会出现一个又一个的问号。我的等待就存在着许多的问号。从我便血的颜色上看，可能是胃肠的上半部分，也就是胃，或是大肠上段出的问题，一般不会是大肠的下段、小肠和结肠的事情，那样血会是红色。至于过去的胃肠，我一向是引以为豪的，除了我知道的有慢性胃炎外，别无它事。特别是肠，一直很好，即使是哪里不舒服了，或是吃了什么不洁净的食物，只要放个屁、解个大便后立即完事，根本不会影响到我的正常生活。

现在，最担心的是胃或肠长了什么东西，因那些东西隐秘性很强，不痛、不痒、不容易发现，很可能被忽略。多年前，我的一位侄子就是得了胃病，因为没有及时治疗，年仅三十多岁的生命就终结了，追其原因其实非常简单。侄子是一家省级单位的中层干部，且年轻有为，偏偏这家单位又很重要，结果迎来送往之事不断。虽然，侄子也知道自己有胃病，但酒精的作用让他麻痹了，等查出是胃癌时，一切都为时过晚。可最具戏剧性的是，他的父亲是专治胃病的著名老中医，他的妻子是一家省级肿瘤医院的主治大夫，曾留学美国、日本、加拿大，但他们对侄子查出的结果，都感到束手无策，没有回天之力。

如果，从最简单的道理上说，无缘无故，胃肠是不会自己出血的。退一万步讲，是急性出血或是内火出血，那也该有个预兆和前提条件，哪怕是有过一次隐隐的疼痛。思来想去感觉既没有，也没弄明白，最后去问医生，医生说，都有可能。

住在我邻床的一位病友，和我一样，也是消化道出血。不过他这是第三次出血了，第一次是因为喝酒，把胃喝出了血，上一次没查原因，这一次还没查。医生的解释是，他的心脏有支架，不能做胃镜和肠镜检查。

病友是早我两天住进医院的，他自己说，不用查就知道又是喝坏了。与他的交谈中得知，他长年在外地奔波，生活没有规律，还有没完没了的应酬，让他有些力不从心。从来看我的朋友口中得知，我的病友虽然早来两天，看上去脸色恢复得还没有我好，这让我的心里，有了少许的安慰。

那天，或许是病友觉得住得有些久了，晚上想回去休息。没想到，半夜间的一个骚扰电话，引发了他的心脏病，只好连夜又拉回医院救治。医生检查得出的结论是，为了止血，停了用于心脏扩张血管的药，谁知道就有了意外。

来看我的二妹婿，是个走南闯北的人，可以说，他见多识广，阅事无数。他听了我的情况后，说，应该转院，转到大医院去，必须得查个水落石出！虽然，他的后一句话说到我的心里去了，但我明白，就当时的情况看，不用马上出去，因为，医院现有条件是能做得到的。不过，查出其中的原因，是肯定要做的事。

住院的第四天，我解出了大便，一看颜色还是黑的。医生说，这是留成，是上一次没有排泄完，等到明天再说。可到第五天时，解出的大便依然是黑色。

四

知道我住院后，亲戚和朋友们都来看我，这使我的心里，得到了许多的安慰。看着他们站在那里嘘寒问暖、热情鼓励的样子，我不以为他们单单是给我精神上的支撑，而是把他们看成了一道屏障，挡住了的，是我生活以外的风雨，让我看到的永远都是彩虹。

在我住院期间，亲戚们好像是组成了一个战斗的军团，大妹婿则成了后勤部长。他们有负责送饭的、负责拿药的、负责探望的，其分工明确，又密切配合。不仅让我好好养病，就连我妻子的后勤问题也都给解决了，其目的是，让妻子能安心地做我的专职陪护。

好在所有的努力没有白费，在第六天时，我解出的大便没有黑色，已经全部正常。这时，医生也同意做胃镜检查。在做完心电图后，我就去了胃镜室。

结果很快出来了，原来病因是慢性红斑性胃炎、十二指肠球部溃疡，出血的部位是在十二指肠上，在那里发现了两个出血点。

我的心开始平静了下来，在没有任何思想负担的情况下，我寻思着溃疡会是怎样形成的。在我的记忆里，自己的身体一直很好，平时除了感冒外，基本上没有什么大碍，这让我有些百思不得其解。后来在与医生的交谈中才发现了一些端倪，这其中可能是自己暴食暴饮、生活没有规律，才使胃和十二指肠受伤。得病之前，自己先是吃下放了很长时间的苹果，接着又喝下了大量的冰啤酒，其结果也就可想而知了。

像做错事的孩子一样，我感到后悔。可后来，医生又跟我讲，反过来想，出血并不见得是一件坏事，它能调动身体里很多积极的因素，如凝血、杀菌、消毒等等因子有了正常功能，使它们处于一级战备状态，可以从容处理来至各方面的危机。如果长时间不出现情况，那些因子就会松懈、懒惰、涣散，形成一盘散沙，一旦有了敌情，让它们在战场上进行拼杀，个个都会败下阵来，这才是最可怕的。

所有的疑虑都打消之后，我的心情和病情都日渐好了起来。在和病友聊天时，突然，我一下想到在同济医院看到的一位病人，她所做的一切让我陷于沉思。

她和丈夫有两个孩子，由于生活所迫，两人一起去了大城市打拼，当自己的生意朝着好的方向发展时，她意外地发现了丈夫的出轨行为，可为了家庭和孩子，她保持了沉默，没想到后来自己又查出了大病，这让她的心跌到了谷底。而此时的丈夫，在生意与病人之间，常常是顾此失彼，令她十分灰心。最后，她的选择使我们非常吃惊，她说，她要用病来报复自己的丈夫。

我怎么想，都没有想通她的所作所为，更不好对她的行为进行评判，所能想通的是，病人与亲人之间，该是同舟共济、水乳交融的关系，他们既是连体，也是防线，是战胜一切病痛的根本力量。幸好，我的经历就证明了这一点。

五

　　医生在看完我所有的检查结果后，说我可以出院了。这时我伸出右臂，发现吃了饭以后的我，手上有了力气。于是，我就攥紧拳头，使劲做了一个"加油"的姿势。但，我没有喊出那两个字，而是默默地说出了另一种声音，那就是：好好活着。

徜徉在母爱的河里

在我们的生命中，母亲是一个重要的角色，她不仅给予了我们身体，还给予了我们浓浓的情感。然而，每一位母亲，都有自己的性格和对爱的表达方式。所以，当我们徜徉在母爱的河里时，就会觉得，自己是这个世界上，最愉悦、最幸福的人。

母亲的姿势

已经是第三天晚上，在小区旁边的文化广场看到这样的情景了。那位母亲双手如抱拳状伸出，然后直直地站在那儿，为儿子充当扶手和支撑，让其在那里学习滑板运动。连续三天的坚守和坚持，最终就站成一个特定的姿势，一个母亲的姿势。

其实，母亲已是发了福的中年人，她的行动也不是那么敏捷，她的每一个动作，看上去都付出了艰辛和汗水。

可能是儿子太喜欢这滑板运动了。那行走的快感、那彩色的双轮、那飞的流线都在诱惑着儿子。也或许是他那笨重的身躯确实需要运动，想借此来锻炼锻炼自己，以达到减肥的目的。总之，母亲在那儿心甘情愿地做起了儿子的依托。

我一直站在广场入口处的左侧看着她们母子，是关注，也是好奇。看上去，儿子的体重已超过了七十公斤。最初，他的每一个动作都很幼稚，都不尽人意。他的双手一直牢牢地抓着母亲的手，时而倒在母亲的怀里，时而踩翻滑板。

儿子最大的优点就是不愿放弃，摔倒后又爬了起来，爬起来又摔倒了。更多的时候，是母亲的双手抓住儿子的双手，让其在滑板上站立或者休息。

记得前天刚见到他们母子时，儿子的举动显得非常笨拙，一遇到危险就马上扑向母亲，然后在母亲的搀扶下站立起来。接着又重新试滑，重新倒下。看到这样的次数多了，我就想：可能是儿子产生了依赖的心理，才使他的滑板技能没有任何进展。这期间，虽有一善滑的小朋友走上前去帮忙，试图替换母亲，但不是儿子惊慌失措，就是那沉重的身躯压倒了那个小朋友。没有办法，只好仍由母亲在那里作盾牌和坚守。

有些时候，我们是心有余而力不足的，只能在那儿当着看客。比如这母子间的教与学就是这样，那里面存在着亲情的传递，以及支持、信任和鼓励。

昨天见到他们的时候，发现他们已经有些默契了。那母亲可以单臂作为扶手，并在那儿积极地激励着儿子。儿子也很是争气，每每是摔倒后就爬起，又摔倒后又爬起，就这样母子间在那里坚持着简单和重复。在多次的摔、跌、翻之后，儿子开始慢慢地把握住了平衡，可以自由地滑动几下。

今天看上去稳当多了，不再有那种生疏和机械。但母亲却坚持当初的状态，准备着随时为儿子护航。在艰难的经历之后，儿子可能是学会了怎样稳住重心，并掌握了滑板的基本技能，接着就驶出了母亲的怀抱。那一刻，因为我站得比较远，没能看清母亲的面部表情，不知她是在面带笑容，还是在流淌着泪水。但我可以看清的是，母亲还站在那里，她的双手依然还保持着抱拳的那种姿势。

生长在花盆里的母爱

母亲决定搬进城里居住，我们十分高兴，觉得这样的话，大家都方便了许多，三天两头我们还可以去看他们一次。

最近一段时间，事特别多，因一直在加班，就没顾得上去看母亲。星期五晚上刚下班，我就赶紧去了母亲那里。

母亲进城后，和父亲单独住在一个 80 平米的套房里。原本母亲爱热闹，是想和儿女们一起住的。可父亲喜欢清静，不愿有过多的吵闹，最后，母亲还是随了父亲。

好在母亲住在三楼，上下楼也十分方便，只可惜的是没有太多的活动空间。所以她每天的工作，除了打扫卫生，就是当好大厨。可日子久了，母亲就感到心里缺了点什么。

开始，母亲总是做些饭菜让我们过去吃，但时间长了不是孩子们加班，就是孙子们做功课，常常只有父亲加餐帮助消费了。久之，父亲坚决反对，母亲也只好作罢。

对于阳台，那是城里住着鸟笼人的自由空间，也是存放花草最好的地方。父亲退休后就学着种了几盆花草，虽然那几盆花草不怎么起眼，可也能种出些情趣和生机来。

那天，母亲买菜回去，听说我们又一次不到他们那里吃饭了，就随手把刚买回新鲜的葱和蒜苗栽到父亲的花盆里。说来也巧，第二天、第三天那些葱和蒜苗都郁郁葱葱，且有兴旺的趋势。

走进父母的屋后，见母亲正在阳台上的花盆里挖蒜苗。我走了过去，看到盆里还有很多葱就说："母亲您还在这里种菜啊？正好我找您要两棵葱带回去给您孙子做葱油饼吃。"母亲看看我又看看葱，接着很乐意地帮我挖出几棵。

没过多久，父亲打电话给我说，他的那些花盆都成母亲的菜地了。我听了先是一笑，心想可能是母亲发现了商机，抢占了父亲的地盘。随后我就说："父亲，你们不管种什么不都是讨个乐吗？您就依着母亲吧！"

昨天，父亲又打电话给我说，你母亲在给花盆里的菜浇水时，不慎摔倒住进了医院。我们赶过去时，只见父亲坐在那里一言不发，母亲微笑着说："没什么，输点氧后就好了些。"我拉住母亲的手再三询问，母亲这才说："我想在花盆里多种点菜，是怕哪天你们缺着了，好派上用场，没想……"

当我抬头看看更加苍老的母亲时，泪水在眼眶里转了两圈，但没有掉下来。

豆香腊八粥

星期六的上午，陪妻逛超市，本想只买些荣盛达公司生产的有机酱油和有机黄豆酱的，却无意间又走到八宝粥柜前。妻说，快过"腊八"了，我们买些八宝粥的配料，回去自己做腊八粥吧！妻这么一说，竟让我一下又想起母亲做的腊八粥来。

我们小的时候，那时乡下特别穷，除了每年的年饭外，让人刻骨铭心的就是那顿腊八粥餐了。可以说，那顿腊八粥餐既是果腹的，也是解馋的，更是一次喷香的记忆。

其实那餐腊八粥来之不易，那是母亲一年精心准备的结果。

记得那年春天，母亲收工回家，带来几株黄豆苗。母亲说，这是队里间伐丢弃的，我拾了回来。随之，就把它们栽在院墙一角，并告诉我们要好好看守，将来我们可做好吃的。

黄豆苗在我们家得到了重点保护，特别是我们这些孩子，都快成了护豆使者。在我们精心浇水、施肥的呵护和期待下，那些豆苗慢慢成活、长高、变大。最终，有几株开花结果了。这样，母亲就有了黄豆的储备。

在收集绿豆、小米之类的谷物时，母亲可谓费尽周折。虽然，每样辅料只需要那么一丁点，但在"割资本主义尾巴"时期，一切物资都归公，自留的东西少得可怜，那种难度就可想而知。

然而，母亲获取花生的经历，我是亲眼目睹的。队里收完花生的地头，经常可以看到母亲的身影。有时母亲还会带上我，起早贪黑再沿地边刨上一番，那样总能刨出点遗失在土中的花生。

到了"腊八"这天，母亲把储藏已久的原料找出来，浸泡、洗净。后又把准备过年吃的腊肉割下一小块，切成肉丁，爆香，再配些佐料备用。

母亲在做腊八粥时，非常讲究。她说，关键是要炒香黄豆，黄豆炒香了，腊八粥才会好吃。因为黄豆很难熟，也不容易香，所以母亲常常是采取半蒸半炒的办法。先是蒸，蒸到快熟的时候，滴上两滴酒去去腥味，增添些香气。然后，用小火慢炒，且不停地翻动，让黄豆受火均匀。那样，不仅不会炒煳，还能使黄豆既酥又香。待到黄豆全熟时，再用熟盐水喷在上面。这时，黄豆的制作才算完成。

炒花生米的过程有如黄豆，只是时间的把握上有所不同。

烧绿豆的过程就简单多了，那就是用水煮，直到把绿豆煮开花为止……

通常队里会在"腊八"前开坊榨油的。当腊月初七那天，母亲拎着我们全家一年共分得的二斤四两香油回来时，我们姊妹几个一定会围住母亲好好地闻一闻那种香油。

香油是作为过年炸丸子用的，只有"腊八"这天母亲才会破例拿香油打一下锅底，随后开始制作腊八粥。

做饭也有技巧，等米煮沸了，就必须撤下火来，撇去米汤，接着放上红枣、腊肉等配料，放完后盖上锅盖用小火慢慢地蒸饭。

饭熟以后，打开锅盖把制作好的黄豆、花生米和葱姜等配料散放锅里。这个时候母亲会手拿一双筷子在米饭当中打上几个气眼，之后盖上锅盖蒸一会儿就好了。

等待的过程，对于我们来说，是焦急的、漫长的，但也是幸福的。因为那黄豆特有的香味慢慢地从锅里飘散出来，由淡到浓，再由伙房到四周。

我们吃腊八粥的时候，母亲总是坐在那里看着。看我们争先恐后地抢、看我们津津有味地吃，看够了就高兴起来。

后来我才知道，那不是一顿普通的大餐，而是母亲一年来倾注爱心的一次释放。那年月随你怎么想，都想不出巧克力和麦当劳的滋味，母亲只有用这种方式，才让我们有了一个不饥的童年。

如今超市里什么粥都有，但是，怎么吃都吃不出那种味来。究其原因，我想，除去如今有丰富的物资可以让我们饱享口福外，更主要的还是，那餐豆香的腊八粥里，凝聚着浓浓的母爱。

母爱的河流

处于深秋的心，豁达而又高远。在这个令人陶醉的季节里，即使是有一丝的微风吹来，或是一处红晕的点缀，都会让你产生无穷的想象和永远的感动。

就在这样的一个下午，我接到飞哥的电话，说是在邻县发现了一处景点，值得我们去探寻一番。我问何处，他说："留梦河谷。"

我没有丝毫的不愿意，因为那个名字就叫你无法拒绝。

留梦河谷，其实就是深山淌出的一条小河流。从大门上看，那些巨石是刚砌垒上去的，虽然古朴，但有时代的印记。里面的小路是沿着河道而蜿蜒的，不过很多处都是用木条铺就，走在上面舒缓而又踏实。这个时期，水并不丰沛。自然，流着的河水既浅显又细小。

路旁建有古屋和景点。说是古屋，不如说全是用木头构建的房屋，因为那里没有一点钢筋水泥的痕迹。这种协调和搭配，我想除了自然，那就是和谐，它会让人有种纯真和回归的感觉。

浅浅的山，没有茂密的森林，只有些灌木和杂草。那些黄色或是淡黄色的叶和林，正巧辉映着细弱的河流，让人感到是那样的协调与静美。

　　小路是经过精心构造的，因要盘河而上，就多了些弯道和桥。那些桥各具特色，有自然石垒成的步桥；有石条铺设的石桥；也有钢索拉起的吊桥。特别是进入高山后，那座跨度很大的吊桥，令人生出许多的敬畏和胆怯。

　　水的悠闲和清静是让人爱怜的，无论是涓涓流着的细水，还是高悬着的瀑水，或是深潭里的静水，看上去都是那样的缠绵，从不见汹涌的样子，一直是处在那种温和的状态。

　　我最佩服的，则是景点的命名和巧妙设计，看看都有：听琴、天籁、白龙潭、金龟戏水、丹凤朝阳和美梦成真等。这些元素的组合就赋予了河流生命的意义，那些事情的真伪并不重要，重要的是让我们有了触动和想象。

　　就在我琢磨着，普通河流有了名称和故事后，怎么就像有了灵魂时，是同行的文友一语道出了天机。他说，这就是文化提炼的结果，其内涵就在于去探索、去发现，或许只有这样才会触及我们心灵深处隐隐而动的东西。

　　"叮咛、叮咛……"我的电话响了。

　　竟是母亲。在这样一个时候，我接到母亲的电话，心里半是惊喜、半是疑问。当得知是多日未见，母亲询问我的伤情时，我的眼睛湿润起来。因为前些时候，我不小心脚崴了，留下了伤痛，母亲就到我家去看我，并照料我一段时间，见我确实没有什么大碍后才肯回去。不过，这竟成了母亲挂念我的又一个话题。

　　关闭手机时，我的目光看着小河发呆。倏地，我的心灵划过了一丝的颤动，我突然意识到，原来母爱就是一条河流。

　　很多的时候，我们都习惯了一种生活的方式，那就是无忧无虑地成长，这当中有多少人的付出，多少人的呵护，往往会让我们忽略，那些情感中最真挚的东西，比如母亲无私的而又无微不至的爱，被我们抛之脑后。当我们突然静下心来，或是细细地品味时，就会发现，原来母亲的爱就像这身边的河流一样，一直在默默地陪着我们流淌。

　　记得很小时，我是个体弱多病的孩子，母亲的脊背就成了我成长的摇篮。有一次我在半夜里发了高烧，因为父亲在外地工作，母亲就背起我连夜赶到十里以外的地方去看"赤脚医生"。当她把我再次背回时，已经是天大亮了。

　　可没过多久，我在学校里被一名大班的同学欺负后，母亲又星夜赶到八里外的那个同学家里，告诉了他的母亲，批评了那个同学。回来后母亲擦干了我的泪水，说："别怕，有母亲呢！"可是当母亲背过脸去，我却发现她在那儿偷着擦眼泪。

　　不是说母亲总是流着忧伤的泪水的，那次我得了期末考试的第一名时，就发现母亲又流泪了。不过，我相信，那泪水是欢快的、欣喜的……

　　返回的路上，当我再次回望身边的小河时，感觉身心是无比的轻松和愉悦，那种情景，有如临近母亲。

家里的阳光

对于大多数人来说，父亲的微笑就是家庭里的阳光，无论遇到任何情况，只要微笑在，它都会普照幼小的心灵健康地成长的。

可是，我父亲的微笑，对于我们兄妹而言，感觉是非常吝啬的，从小，我们都没能很好地享受过，哪怕是父亲无意间留下的一个微笑。

但我知道，父亲对我们是有很深情感的，这种情感不单单是父子亲情的那种，它还包涵着许多别的东西。对于我来讲，我并不想让这份情感有过多的附加条件，我只想要那种亲情间的传递，或是一个微笑，或是一句叮咛。

在我的印象当中，父亲不苟言笑，语言极少。在他们那个年代，工作好像是他们的唯一和主宰。似乎亲情与友情都是工作之外的事情。特别是父亲，在这方面表现得尤为突出。这样一来，父亲就把我们交给了母亲和乡村，把友谊、生活和情感都放进了词典。可以说父亲的工作是出色的，赢得的赞誉也是随处都能听得到的。

久而久之，父亲的工作就形成了他的习惯，那种习惯就是起早贪黑，加班加点。如果用忘我的境界来形容的话也不过分。但父亲辛劳的结果并没有得到什么回报，探其原因是用文凭时他是工农干部，讲年轻时他已走进中年。

其实，父亲从来都没有抱怨过，最起码他没在我们面前提一个不满足的字。在我的记忆里，他一直是忙忙碌碌，一直是很少和我们说话，很少和我们交流。这在我们的情感世界当中就产生了一个概念，那就是父亲是严肃的，父亲是古板的，有时甚至是苛刻的。

记得那时奶奶病危的消息传到父亲那里，父亲一听就急匆匆地带上还在生病住院的我往回赶。但走到村头塘埂拐弯处时，父亲听到了奶奶去世的消息，在那一刻，父亲先是一怔，接着他用抖动的双手推着怎么走也走不好的自行车，然后对着坐在车后座上的我说，就是你耽误了事，真想一下把你丢到塘里去。后来我知道父亲原本是想，如果没有带我，他会在奶奶去世前赶到她的身边的。当时只看到父亲很悲痛，满脸忧伤。

接下来父亲的语言就更少了，他只顾忙自己的事情，不愿与别人多说半句话。我想，父亲肯定是又多了一个心结，但不知道那个心结是对奶奶的歉疚，还是对我的气愤，总的来说，父亲的脸上又多了一层严谨。

打我有记事起，就发生了一件至今都难以忘掉的事。那次，母亲说有事要到城里去找父亲，在我再三的要求下，她便带上我一起去了城里。谁知见到父亲时，却无意中遇到他很不如意的一面。当时父亲正被别人"批斗"，那场景母亲怕年幼的我受到惊吓，就转身捂着我的眼睛走了。后来，我懂事的时候才知道，那时父亲站错了队，戴红袖章的人找到父亲，先是让他交代事情，然后又让父亲揭发他人。可父亲一直是一言未发，直到戴红袖章的人认为，确实没有父亲什么事时才放过他。

以后的工作，父亲就如履薄冰，每逢做事情时，他都会思考再三才去做，这样，父亲不仅办事更加谨慎，而且还会付出双倍以上的努力。其结果，每一件事情都做得比较稳妥，因此，也受到了单位和社会各界人士诸多的好评。

　　可转眼之间，父亲到了退休年龄，对于只知道工作，只知道上班的父亲来说，那种打击是巨大的，甚至是摧残性的。那些天他好像六神无主，在屋里来回地走动，在院子里转着圈儿，有时看一盆花一看就能看上半个多小时。

　　我们兄妹几个都害怕父亲，都不敢说些什么，都是在节假日里默默地去看看他，然后又默默地走开。

　　好在有母亲的陪伴，父亲的生活也无大碍，只是看父亲的白发从头的四周慢慢地白向头顶。

　　虽然我们兄妹的近况一般都只会和母亲说说，可母亲都会把这些情况传递给父亲的。父亲听后也会问母亲一些问题，诸如二孩的身体近来怎样、大孙女的学习有没有进步之类。

　　有一次，父亲听说我得阑尾炎病住进了医院，他执意要到医院去看我，但因他的年龄太大，兄妹们都不让他去，当时他也同意了。可就在我做完手术后的第二天上午挂吊针时，我抬眼看见父亲的身影出现在病房门口。他站在那里看着我，没有说话，也没有进病房，良久，许是看出确实没有什么大的事情，然后才慢慢地走了。那一刻，我也没有说话，看着父亲的背影，我的眼泪一下涌满了眼眶。

　　那天，大妹打电话给我，说是从母亲的口中得知了父母金婚纪念日的消息。于是，我们就决定为父母搞一个金婚纪念宴。

　　父亲是在母亲再三催促下去的。

　　纪念宴隆重而又热烈。随着孙辈的祝福声、随着儿辈的祝愿声、随着服务员送来的花篮和音乐的伴奏声起……父亲有些激动了。当他端起第三杯酒时，他不由地站了起来，同时也说出了让我们怎么想也想不到的事情。原来经历了五九年的粮食危机后，父亲拼命地工作主要是怕我们饿着肚子。爷爷去世得早，奶奶是他情感上孝敬老人的唯一，没想到奶奶还没享到他的福时，又撒手西去。

　　随后父亲把爱都转到我们的身上，先后一个一个地把我们和母亲从乡下转移到城里，且四处托人安置好我们的工作及生活。当好不容易安顿下来时，单位通知他，他已到了退休年龄。

退下来的父亲更是焦急，他说，没有更多的能力去照顾家庭和孩子们。母亲因为在农村时劳累过度留下一身的病，还有那二孩在出世时得了天花，没能及时医治，就在水缸根边睡了三天三夜，结果留下了风湿病根，到现在一直是父亲的一块心病……

后来，父亲就和母亲说，我们不能给孩子们一些帮衬，但怎么也不能给他们找麻烦。我们商量就把农村那老屋基卖了，再节省一点钱，置了两副寿材。

说到此时，父亲看看我们，说我们老了以后就回农村去，也算是叶落归根吧！

接着父亲又说，从你们母亲那里，我知道你们近些年过得都不错，二孩的病也好了些，这我就放心多了。

听完最后一句话时，我抬头看了一眼父亲，刹那间，我从父亲的脸上一下看到了一丝的微笑，虽然只是那么的短暂，但那个微笑，对于我们这个家庭来说，那是久违的、是渴望的，那就是我们情感世界里的一束阳光。

入夜，我久久不能入睡，一直在回味着父亲的语言，回味着父亲的那个微笑。我想，今夜我们家能枕着父亲的微笑入眠，该是幸福的、美好的。如果我们能进入梦乡的话，我相信，那个温暖的梦境，一定很甜蜜，也很灿烂。

亲　戚

　　在我的亲戚系列里，最特别的，就是我的大舅。严格地说，他不是我的亲人，因为他与我们之间没有血缘上的关系。但是，大舅早已拿我们像自家人一样看待，我也把他深深地烙进了我情感的记忆之中。

　　最近一次见到大舅是在侄子的婚礼上，大舅是从乡下来的，好在这个小县城离我们那个村子并不算太遥远。可是，就算是这样，对于我来说，与村子还是有了距离，这不仅仅是距离问题，而是我的交流、梦想和情感等都不在那里了。久之，就产生了淡化，或者是遗忘。不过，那个情结还在，如果提及一件事，或是某一个人的名字，那些景象就会立即鲜活起来。

　　可现代生活的节奏，已不能让你拖泥带水了，当立则立，该断就断，这是现实生活的规律，也是迫不得已的事情，不然会失去机遇、失去竞争、失去交流和沟通，就会成为落伍的人。

　　偏偏我这种人不是那么纯粹，容易怀旧、容易停一下脚步去看看周围的风景。虽然那些过往的故事，没有在思想中留下印象，但对于铭心的事，心里还是留存着一片空间。

　　大舅站在我的面前时，我是有些诡异或者是惊讶的，这不单单是大舅过于苍老的因素，更多的是他手上拄着拐杖，走路时身体呈现出一上一下的样子。

　　说实话，大舅在我的心中，一直是坚强和微笑着的，甚至在我的想象中根本没把他同衰老划上等号。用现代人的话说，从大舅的身上我一直看到的是正能量，没有一点胆怯、退让和溃败的意识，那种好胜、好强的影子始终在我的回忆中。

　　大舅把四百元礼钱掏出放到我（这时我的身份是记账先生）的手上时，我就仔细地观察了大舅，之后就有了很深的感触，感觉别人递钱过来时，要么是打开钱夹拿出一沓，要么是从口袋里随便抽出几张，要么是用红包准备好的，唯有大舅他是把用手绢紧紧裹着的四百元钱慢慢打开，然后递给我。当时的一刹那，我看到了大舅脸上的微笑和手上细微的抖动。事后母亲问及我大舅的礼金时，我这才细想起来，当母亲说起这可能是大舅从半年的生活费里一点一点积攒下来的时候，我的心一下收紧了，半天都没有说出话来，只感觉心里有酸楚也有迷惘。

　　关于大舅，就这样走进了我的记忆。

　　我知道，我那笨拙的笔，是无法深入大舅那精神和情感世界的。一方面是我的笔力所限，另一方面是由于我过早地离开了村子，对大舅的生活并不了解。

　　大舅有六个子女，大妗是在她最小一个孩子不到一岁时去世的，结果大舅就身兼两职，在不同场合扮演着不同的角色，既当父亲又当母亲。

　　在那个计划生育还没有提倡，多子就是多福的年月里，多子不是个例，而是一种现象，存在于乡村的每一个角落。关键是那个时候的孩子并不娇贵，不需牛奶和奶妈等这些辅助的工具，用当时乡下人最容易听得懂的话说，就是"苦槽崽好喂"。但毕竟那是一个清贫的年代，是一个物资极度缺乏的时期，除粮食以外的任何补品都属于想象与童话，更何况那六个在长大的孩子，需要粮食来维持生命和成长，在那个挣工分的岁月里，只有一个劳动力的大舅是怎样来完成一家七口人的糊口问题的，让我至今想来，都不得而知。

如果用现在的思维，来解决当时情况的话，那就"搞一个副业"，或是"开一片自留地"什么的。但那时是一切归公，在"割资本主义尾巴"的时期，任何的私有财产都属于空想。

那么大舅家的生存危机是怎样解决的呢？至今都没有一个人提及，也没有一个人过问，所以我也无从打听。不过，我还是知道一点当时的情况的，就那些点滴的事，构成了我对大舅当初的印象。

记忆最深的是大舅所做的挂面，他的挂面活在村子四周是非常出名的，因为他做的挂面又细又长，且十分可口，不仅是春节最好的佳肴，也是送人的上好礼品，那是有着像贡面般传奇的佳话的。当时我是说不出如吃后十分劲道和口留余香等话来，只知道挂面在锅里煮多长时间都不会糊涂，如果是正月拜年时去大舅家吃的话，大舅还会加上少许的腊肉，那顿美餐下来，我就连第二天都不觉得饿了。所以我们每年拜年第一个想去的就是大舅家，只因那腊肉汤下挂面确实诱人，可大妗去世后我们就没有这种口福了。

后来虽然进入腊月以后，我们还能看到大舅在做挂面时那忙碌的身影，但我们很难吃上大舅做的挂面了。听大人们讲，那些挂面都是为别人家做的，大舅只是得到别人送出的米面作为劳工的报酬，这样补贴家用的办法，才没有让大舅一家人饿着。

另一件事，就是大舅当时是队里的一名记账会计，虽然那不是在干部的行列，但也赢得很多人的尊重，最现实的是他可以记上你的工日，可以为你的工日打上工分，在那个吃工分的年代里，工分就是财富，最起码不会让你饿着肚子。一般情况下，一个成人一天的工分是7—8分，一个孩子一天的工分3—4分（当然是孩子干一些力所能及的活的），这样的情况下不能说大舅有生杀大权，但他的作用似乎也非常的微妙，所以在那个乡风淳朴的时代里，大舅有很好的人缘和人脉是很自然的事。

偏偏大舅在记工分时克扣了我，至今都让我印象深刻。那是我们放暑假的时候，我和一些小伙伴帮助队里干农活，傍晚大舅就来到田埂上，坐在那里记当日的账，他按照每家每户的出勤情况，记下了工日，打下了工分。挺不巧的是，大舅打下的工分被我看见了，我发现在我的工值栏里他写下了 3 分，而在下一页我的邻居也是我的同学的那个工值栏里他写下了 4 分。当时我要去质问大舅，甚至是想要撕烂他的记工表，是母亲制止了我，我不服地说："我与邻居是同岁，又是同学，为什么给他 4 分给我 3 分呢？"

　　我知道我大叫的时候，在不远处干活的大舅是听得到的，但他没有做任何解释，也没有说一句话，只是母亲在帮我分析着情况，她说："是因为你过于瘦小，与健壮的同学相比，出力是没有他大的。"其实后来我才知道事情的真正原因，那就是大舅做的事固然不是大义灭亲，但最主要的原因是不让别人留下话柄。

　　不是说大舅对我不好，而是他的情感是不愿意表露的。我上学的期间，大老表和我是同班同学，所有的信息都是通过大老表来表达。上中学那会儿，学校离我们家较远，并且中间还隔着一条河，每逢下雨和下雪时，我们都需要在学校吃一顿午餐。一般饭可以用粮食去换，菜就需要钱去买，在那个任何人都囊中羞涩的年代里，我们只能靠背咸菜来果腹了。对于我们来说，那正是长身体、长知识、长智慧的年龄段，长时间食咸菜确实让我们无法下咽。就在我很难面对的时候，有一天午饭时，大老表像变戏法似的变出一个鸭蛋来，还说是父亲已经煮熟了的咸鸭蛋。那天我们津津有味地吃了一顿高兴的午餐，虽然是我们两个人共同吃下的仅仅一个咸鸭蛋，但那也是我感到很幸福的一件事。

　　打那以后，大老表就隔三差五地带来一个已经煮熟的咸鸭蛋，然后我们分着吃下，那个时候我根本没有去想其他问题，只知道大舅又让大老表带咸鸭蛋来了。至于大舅在那么困难的条件下，还让大老表带咸鸭蛋给我吃，他是怎样获得咸鸭蛋的，又是怎样背着其他孩子煮咸鸭蛋的，都是我以后想知道的。但是，到如今我都没解开这个谜，只是在当时听一位村民说：队里"割资本主义尾巴"，去抓大舅家仅有的两只鸭子，结果有一只从院墙的后门洞里逃跑了。

　　现在想想，许多东西都不能过于透彻，不然的话就没有了好奇和美感，因为朦胧着的事物可以想象，那就有空间的位置，如果太接近现实的话，不是相去甚远，就是索然无味，甚至是无奈的存在。

　　最让我感到意外的是，那天母亲竟说大舅不是我的亲大舅，当时让我感到大惑不解，怎么可能呢？明明母亲和大舅是一个姓氏，明明我们每一年都去给大舅拜年，明明……等我长大以后，才渐渐地清楚了一些来龙去脉。

　　原来母亲是远嫁到这个小山村的，那个时候这个村子只有大舅一人是这个姓氏，自然大舅就对母亲额外地关照，随之就自觉和不自觉地进入了保护母亲的角色。后来不久，母亲就认下了这个大哥，结果我就有了这个亲戚，也就多了一份别人的牵挂。

　　可对于这份牵挂，我并没有过多地去回报，甚至有时还产生了忘却。究其原因，我想有忙于工作和生活的因素，当然也有我知道了大舅不是我亲舅的因素。直到我有一次回乡时，在一个上坡的路上，我又见到了大舅，见他拄着拐杖吃力地向坡上走去，我就停下车来到他的身旁，才知道他的一些近况。现在因多种原因大舅一个人住着，由于风湿和严重的静脉曲张致使他行走非常困难。不过见到我时，大舅很高兴，他问了一些我的情况，当知道我一切都好后，他又露出了慈祥的微笑，嘴上还连连说出"好、好、好！"字。

　　大舅淡出我的视线之后，我的心里有些隐痛着的伤感，我不知道这位老人，见到我后是何感想，也不知道他的家里是何种状况，我只知道大舅为了孩子，在大妗去世以后一直未娶。

　　是母亲的一句话，又动了我的那根最柔软的神经。如今每每想到那张慈祥的脸时，都会想起"大舅"那句称谓，同时就有了如亲人般的感觉。我必须得承认，那感觉是美好的、是可亲的，因为它不仅点燃了我的眼窝，也温暖着我的心底。

　　大舅，你就是我的亲戚，更是我的亲人。

拯救你也就是拯救我自己

遭遇分手

佳宜做梦都没有想到，丈夫真的提出和自己分手了，看来事前的一切征兆和传言是有些根据的。这人心太可怕了，说变就变，变得让人感觉不出什么是真的，什么是假的。

之前，佳宜努力不去相信那些莫名其妙的东西，因为许多传言不仅会损害夫妻感情，还会给自己带来不尽的烦恼。原来以为不去听或者想这些东西，心会静一些。可是女人的直觉告诉她，有很多问题就是不对头，归来的时间总是晚了些。大多数时间不是对自己一言不发，就是玩起了失踪，天知道他在哪里，他在做些什么！更不对劲的是，他对自己没了兴趣，甚至自己做出了一些挑逗性的举动，他连看都懒得看一眼。自己心里清楚，虽然自己不是那种绝代美人，可在众多人眼里自己还是位风韵正浓的靓女。

有时佳宜想找丈夫好好谈谈，但总是面对丈夫那生不起精神的脸和无精打采的语言，佳宜无语了。

佳宜又想，是这两年自己下了岗，没有了共同语言，或是自己女儿的拖累，把自己变成家庭主妇和黄脸婆了。激情和魅力变成了主厨和问候，使爱情退化得十分苍白。可自己的几经努力和尝试，都让丈夫的淡然和不配合变得乏味。

当离婚协议书摊在自己的面前时，佳宜才知道事情的严重性，才相信事实已经发生。可她不愿意放弃，毕竟对这个家庭是有感情的。她试图通过法院来挽回一切，可法院调解的结果让她失望。临了，虽然丈夫还开着一家公司，但法院出具的证据显示，那家公司在负面经营。也就是说，留给自己的只有现在住着的一套住房。

面对丈夫那张无表情和十分坚决的脸，佳宜无话可说。如果再坚持下去，这无爱无温暖无性的婚姻何时该是个尽头呵！最终，佳宜在协议书上签了字。

职场遇挫

婚姻的失败并不代表生活也将无序，日子还得过下去。但面对早已下岗的窘境，佳宜是一筹莫展。她开始去找居委会，可介绍的企业和单位不是嫌她年龄偏大，就是说她没有专业技术。那阵子，佳宜简直觉得自己好像是这个时代多余的人，或者是掉队的人。面对街上行色匆匆的人群，面对霓虹灯闪烁的夜晚，佳宜想：美好与希望是专为别人设计的，自己好像只是一位看客，或者是被遗忘的角落。但生活中的必需品和女儿的抚养还靠自己，那么这些钱从哪儿来呢？

佳宜开始挨门逐户地去单位或公司询问，看有招工的没有，只要有招聘的地方她都去碰碰运气。后来她相信了姜子牙落难时的遭遇，不然自己是不会有感同身受的。

还好，努力没有白费，一家夜总会看上了她。说是白天不用去上班，每天夜晚从七点开始，工作到十二点，主要的任务就是陪客人唱歌跳舞。起初佳宜想到了"三陪"，但代班的经理说，现在都什么年代了，哪还有那种下三滥的东西。佳宜心想也是，更何况自己不能再没有工作了，即使不是等米下锅，可未来依然茫惘。

别说，穿上工作装后，佳宜是很出众的，虽然年龄有些偏大，但她的肤色、成熟、稳重和丰满毫不逊色那些较自己更年轻的同行。就连代班的经理每日都愿意多看她两眼，因为从她的身上他不仅看到了姣好的容貌，更看好她将带来如摇钱树般的金字招牌。

代班经理不是没有依据的，他从房总第一次的眼神中就看到了一切。房总那小而无神的眼睛，是见到佳宜后突然一亮的，那种闪光让代班经理看到了更多的商业秘密。

后来佳宜的名气日益提升是很自然的事情。不过说实话佳宜是没有感到有危机存在的，就连有的客人在自己面前稍加无礼，被代班经理叫去私语一番后，那些客人立马就规矩多了。

是房总的那次唯一醉酒，让佳宜先是不自在，后来甚至是感到可怕。那天，温文尔雅的房总，那双令人讨厌的小眼睛倒是没有眯着，可那张酒气正浓的嘴和不安分的手让佳宜无处躲藏。佳宜呼救兵时，却无回应，那个一直都在保护自己的代班经理也不知哪儿去了，剩下的就是无助的自己。一阵猫和老鼠的游戏过后，佳宜用出吃奶的力气把那盆塑料花投向了房总。佳宜是解脱了，可她又成了自由人士。

佳宜只好把求助的目光和泪水，投向了自己的闺室密友方华。

出任侦探

方华听完佳宜的哭诉后，也是一脸的无奈。这些年因为自己在支撑着一家女子侦探调查公司，主要的精力都在组建、培训和运营上，很多朋友的事情，包括自家的一些琐事都难以过问，更何况是情感方面的。但是，好友遇难不能不帮。怎么帮？对，就让佳宜来自己这里做吧！

说来方华当初开这家女子侦探调查公司，也是想帮姐妹们自立和出口气。她在警校的时候就是学刑侦的，参加工作后看到很多姐妹不是被欺就是被骗，有的甚至被扫地出门时也没得到分文的补偿，方华就动了为她们主持正义的念头。可她的想法一出台，却遭到方方面面的反对，先是家人后是同事。好在有一位被丈夫抛弃的铁杆好友支持了她，结果这家女子侦探调查公司就在这座城市诞生了。

方华说，佳宜你就来我这里当私家调查员吧！佳宜把头摇得像拨浪鼓似的，说自己连一点这方面的经验都没有，怎么能干得了调查员呢？

方华又说，你是不是要生存下去，是不是要坚强起来！我这里有老师，我这里有比较先进的设备和仪器，培训你三个月保证你上岗。

信心是三个月后才有的。通过心理、身体及专业技术等方面的培训，加之有那么多先进装备的帮助，佳宜几乎换了一个人。她开始变得敏感而沉着，知道用什么方式和语言与别人交流，怎样用女性的优势去接近别人，在别人完全放松警惕后来完成自己的调查事项。

方华见佳宜培训得差不多了，就交给佳宜一些比较容易的事去做。结果连续跟踪几个花心丈夫的调查，佳宜都完成得非常出色，受到了委托人的好评。这时，方华也看出了佳宜的潜在调查能力。

接下来方华就想让佳宜独当一面，去完成更大的调查任务。恰好这时一位年轻貌美的女子找上门来，说是要调查房常组，她愿出大价钱搞清一切。

佳宜接下了这项委托。

真相大白

万万没有想到的是，房常组就是房总。见到房总的一刹那，佳宜险些退缩了。那次的历险，让她至今心有余悸，好在这次自己是用了别名，并且又穿着了新装，房总还真没认出自己来。

　　佳宜的女性成熟美和点到为止的举动，竟无意中击败了那些娇媚的女孩。可能是房总挑花眼了，也可能是冥冥之中房总曾与之相遇而没有相伴之憾，更可能是柔弱如水的女子让他放松了警惕。总之，房总没有拒绝一位貌美，且举止、风韵俱佳女士的喝酒聊天邀请。

　　佳宜的心里清楚，要想拿到足够的证据是不能急于求成的，何况房总也是一位老江湖，很有一套反侦查的能力，唯一的办法是让他放松下来。

　　一连几天没有见到吴玉（也就是佳宜），房总有些心焦了，特别是几次努力都没靠近吴玉，一到关键时刻就出点乱子，这让房总非常窝火。他给夜总会的经理打电话，说今天你必须找到吴玉，不然你这个经理就别干了。

　　佳宜一脸歉意地坐在房总的面前，她是做好了充分准备的。房总好像没有了过多的斯文，一上来就拿起瓶子喝酒。酒过三杯，房总的第一句话就是，你好难找啊！

　　心静如水的佳宜，端起杯子与房总微笑着干了起来。房总虽然不是受宠若惊，但也是大喜过望。房总想，今天只要你端起这杯子，那这事情就好办了。

　　房总是怎么想也没有想到，佳宜的杯子里什么时间换成了凉白开，先糊涂起来的倒是他自己。佳宜的柔弱问话，让他的亢奋回答变得很自然。

　　佳宜的委托调查顺利地交差。可另一件事情让她惊讶不已。

找回自信

　　佳宜把调查的事项一一交清之后，就向方华请了一个星期的假，说是自己有些私人事情需要办理。

　　又过十天后，佳宜第一次打电话给自己已离婚的丈夫吴成，约他立即到法院门口见面。

　　见到更加憔悴的吴成，佳宜心生歉疚。原来这一个星期中佳宜先是跟踪吴成，发现他每天上午八点去爬山，中午在单位旁的一家小吃店吃碗面条，晚上去乒乓球馆打球。始终是独来独往，没有任何伙伴。且佳宜从其他渠道打听到，吴成根本没有婚外情，至今还是单身。导致他和佳宜分手的原因是他生意上出现了重大失误，还欠下了二百多万元的债务，所以他的精神上受到严重打击，夫妻生活也索然无味。他为了不让佳宜母女受到牵连，才提出离婚。

　　让丈夫惨遭失败的不是别人，正是那个房总。房总为了控制房地产市场，利用多种诡计坑害了不少的建材经销商。其中最惨最重的就是吴成，因为吴成没有证据，对房总是无可奈何，他也试图请公安部门出面，终因证据不足而搁置在那里。

　　佳宜是无意中知道了房总坑害吴成的事情的，或许是房总在炫耀自己最得意的一诈，竟把所有的过程都说给佳宜听了。佳宜听后是又惊又悔，最后庆幸自己的录音笔在关键的时候起了作用。

　　跟踪完吴成，佳宜又去调查核实了房总和吴成的一些事情后，就把吴成约到法院门口。

　　当法院受理了房总的诈骗案后，佳宜和吴成才舒心地走出法院的大门。

　　路上，吴成很诚恳且感激地问佳宜是怎么知道那么多情况的，佳宜自信一笑说，现在的我可是女子侦探了哈！不过，我觉得拯救你，也就是在拯救我自己。

理发的那些事

一

认识吴仁，是个偶然。

原先我理发几乎都是固定的，固定一个头型，固定一个地方。小时候理发师上门服务，理的是不变的平头，那是没有选择的事。当时，小到一个村子，大到两三个村庄，就一个理发师，他就会理一个头型，那就是平头，老少都一样。常年，他挑着一头热的理发挑子，像蜘蛛吐丝一样，在村与村之间来回走动，织着他自己才能读懂的网，不知疲劳，不知辛苦，年复一年。有些时候，我单纯地在那儿想，这理发师莫非是我们家的亲戚？不然，他怎么会按时来给我们理发呢？直到我看见他从我母亲那儿拿走稻谷时，我才明白，原来他是收费的。后来，知道他收费也很特别，有单次收、月收和年收等，但付资的方式比较灵活，可以是现金，也可以是粮食和其他物品。

参加工作后，理发开始是个难题。因为，传统的那种发型，已在我的思想深处根深蒂固，但在一些什么都讲时尚的城市里，哪里可以找到适合我的理发师呢？我一直在那儿困惑。开始，我宁愿把头发留得更长一些，也不去凑合着理。后来，实在不行了我就去找，经过不断寻觅，这才发现，就在我居住地的后巷，有一理发师傅，因其年龄偏大，赶不上时代的步伐，只好在后巷开一处半间房大的理发室，顾客大都是像我这样或是更年长一些的男子。我觉得，在这儿理发挺不错，最起码不花哨、不怪异，还有儿时理发时的那种感觉。

到吴仁那里理发，纯属意外。那次，是和单位一帮小青年喝高了，误打误撞去的。理完后看看也蛮好，关键还是传统发型，据说，他是这个小城唯一一个还理传统发型的美发师。并且，这里的环境、设施、服务等都还令人满意。结果，我便成了吴仁店里的常客。没想到，这一理就是十多年。

还有一个让我留下的理由是，这个小小的美发店，却蕴藏着小城的大世界。在这里，你可以听到许多离奇的、新鲜的时政故事和要闻等。常常吴仁讲到这些事情时，还会添油加醋，尽情渲染。就这样，不长的理发过程，听故事就像听音乐一样，时间便慢慢地过去了。

绝大多数的时候，吴仁都是讲别人的故事。有一天，我听一位理发的人说，其实，吴仁他和妻子的故事更加精彩！

好奇心驱使我，得和吴仁聊聊。

一听到我让他讲自己的故事，吴仁先是一怔，继而满脸是笑，后就津津乐道说起他和妻子的过去。

二

吴仁的妻子叫荷花，比他大三岁，是邻市荷花村的，在家排行老三，人家都喊她三姐。荷花是她的小名，大名叫曾菊，不过，几乎没有几个人知道，大家不是叫荷花就是喊三姐。荷花习以为常后，觉得叫小名还比较亲切，所以，也没有怎么计较。

荷花青春期的时候，是非常美的，吴仁坚持这样认为，他还说，最起码在她们那个村，可以算是村花。吴仁这样描绘她，看她第一眼时，她正和村里小姐妹们一起玩耍，她机灵、聪明、爱笑、好动，特别是双颊上总是透着红润，让人看第一眼都会喜欢上她。可是，后来听说她与身边和周围村的后生都不来电，把她的母亲急得不行，还托人在城里找了一个各方面条件都不错的工作人员，她都没同意。

吴仁有个亲戚是荷花她们那个村的，可能是有缘千里来相会吧，他在走亲戚时，意外地见到了荷花，谁知就那么一眼，他便喜欢上荷花了。或许是荷花也动了缘分，面对吴仁傻傻的举动，不但没有反感，还有些好奇，接下来，连普通的事情都变成浪漫了。

偏偏两人的交往遭到荷花父母的强烈反对，致使他们的相爱之路变得一波三折。不知道是荷花的逆反心理起作用，还是爱情力量的驱使，竟使被关在屋里的荷花翻窗逃跑，藏匿地点就设在吴仁家侧屋的杂货间里。几经周折，荷花的父亲还是发现了端倪，在调解无果的情况下，吴仁和荷花趁夜一起踏上了外出打工之路。

首站地便是东莞。然而，在那个时期，对于没有文凭、没有技术、没有体力的"三无"人员，想找到工作的难度就可想而知了。相比较之下，荷花还是有些优势的，因她嘴甜，爱面带笑容，这就给她的求职提供了优先的条件。很快，荷花在一发廊里找到了工作。

而吴仁就没有那么顺利了，他一直在找事情做的路上奔波着，在实在没有什么好办法的情况下，他选择了自己卖水果。这样，日子才慢慢地暂时安顿了下来。可是，由于城管的频繁出击，他的小买卖只得东躲西藏，最要命的是，不知是吴仁占了别人的利益，还是不合群，竟反复遭遇当地流氓的骚扰。有一天晚上，两个流氓来到他的摊位前，说要买水果，结果没付钱拿着东西就跑，吴仁怎肯罢休，便追了上去。没想到，在一路口又有两人闪出。要不是荷花下班路过那里，吴仁的伤势不知有多么严重。

接下来，吴仁的买卖是做不成了，他又处于一种无业的状态。可他并不甘心，就主动去了十多个地方进行自我推荐，但都没有人愿意接纳他。后来，经人介绍，他硬着头皮去了一建筑工地，负责施工的老板看见他时，当即就摇摇头，许是给介绍人一个面子，吴仁才被留了下来。可是，干完第三天的活后，是吴仁自己提出了辞职。

最终，还是荷花帮吴仁找到了一份打工的事做。

三

那天，我去美发店里理发，发现吴仁不在，原本我是想转身就走的，没想到老板娘荷花叫住了我。因为经常来，大家都比较熟悉，没有了那种陌生感，我就停下脚步。转念一想，不如让荷花给我理发，说是看看她的手艺，实是想和荷花聊聊，听听她的故事。

开始，荷花不说，在我谈起吴仁告诉我的那些事后，荷花才笑着讲起来。荷花说，当时，她的父母没有看上吴仁，原因有三：一是那时吴仁身体较瘦，她父母说，男人没有一个好的体质是很难支撑一个家的；二是吴仁没有固定的工作，也就没有什么经济来源，到时拿什么来糊口；三是吴仁家庭困难，姊妹很多。

她还说，父母知道他们两人的情况后，坚决反对，禁止来往。可是吴仁还是大老远地跑过来，白天不能见面便等到晚上见，后来晚上也不行，就又找了一个牵线的红娘。没承想荷花的父母也加大了管束力度，最后的办法是把荷花关了起来。

说到他们打工最困难的时候，荷花说，那时吴仁真的很沮丧，一度他有想放弃的想法。后来，荷花就多次去央求发廊的老板，老板才勉强同意吴仁到发廊当学徒。令人高兴的是，吴仁对美发这个行业很感兴趣，他对学艺属于一点就通、一教就会的那种，或者说是天生吃这碗饭的。没有多长时间，老板看他的脸色由原来的阴转多云，再到后来的晴空万里，这个过程不到一年。

特别是有人点名让吴仁美发，并在老板面前夸他会根据每人的面相、头型、发质、皮肤等，很快确定理什么头、留什么型，其结果是顾客个个都高兴而来，满意而归，老板的脸上总是喜笑颜开。

哪知道，这样的和谐的局面没有维持多久，直至遇到钱经理对荷花的非礼后就结束了。事情的经过大致是这样的，随着荷花在城市生活的适应和审美层次的提高，其自我形象也日渐丰满，这样就受到很多人的赞赏，同时，也招来一些"苍蝇"与"蚊子"，最主要的就是常光顾美发店的那个钱经理。通常情况下，顾客对美发店的服务人员多看两眼，或是做些小动作什么的，老板是睁只眼闭只眼，这无形之中就助长了一些人的不良习气，钱经理就是其中的一个。可是，荷花不是那种随波逐流的人，她坚决不依，结果就闹僵起来。在隔壁间美发的吴仁听到消息后，冲了过去，一场混战，虽然钱经理狼狈而逃，但美发店的老板说，你们两个不能在这里工作了。

他们两人知道事情的严重后果后，连夜就去了第二站地，广州。

这次，因为有在美发店工作的基础，两人很快就有了安生之地。在那里，他们不仅学到了一些新的技术，也学到了新的观念和思维。就在他们准备施展些拳脚的时候，他们所在的那个美发店意外地接到通知，说是随着城市的发展，近期美发店等将被拆迁。两个人一商量，决定打道回府，在家乡开自己的美发店。

四

在开自己店的问题上，吴仁和荷花的意见是一致的，可在开店的选址上却分歧很大。荷花说要把店开在市中心的繁华地段，理由是容易聚人气。而吴仁却偏要把店开在老街已在经营的杂货店那里，且先后五次去那儿与店主商量，最终以与繁华地段一样的租金，租下杂货店。荷花明白了吴仁的用意后，竟没有再坚持。这反过来让我糊涂了，是艺高人胆大，还是酒香不怕巷子深呢？看着我满脸的疑问，荷花笑笑跟我说，都不是，这个地方是吴仁他们家住的老地址，市里扩宽街道时，第一批就拆到这里。说到这儿时，荷花还开玩笑说，如果是现在拆迁，光补偿，吴仁他们家就会发财，我们就不用在这儿干活了。可惜那个时候补偿极低，随便找个地方安置一下，再补一点钱就完事。说完荷花自己咯咯一笑。

　　不一会儿，她又补了一句，把店开在这里，说好听一点是为了吴仁儿时的情感记忆，说不好听的，就是他的固执。呵呵！

　　其实，吴仁的固执，不仅仅是表现在开店的选址上，在美发方面也是如此。吴仁最拿手的就是理发，这也能最大程度地展现吴仁的手艺，每当他理出一个得意的造型时，都会沾沾自喜，享受其中，吴仁很乐意过这种生活。可是，这种理发的收费较低，不利于美发店的长足发展。荷花曾多次提出，要上烫染修复、白发转黑、防脱生发、去油控屑、头部刮痧、头皮清洁、头发保养等项目和个人面部基础护理、面部补水保湿、面部美白嫩肤、眼部保养等美容护肤类项目，想在服务方面多做点文章，一是增添一些项目，二是增加一些经济收入。但都遭到吴仁这样那样的理由搪塞过去，说是不搞那些花里胡哨的东西。后来看到确实竞争不过别人时，才勉强与荷花商量，由吴仁负责理发，荷花负责染烫。

　　有了些收入以后，夫妻俩就考虑扩大店面，招收员工，好好干出点模样。谁知，不久就在招收员工上又出了问题。有一个叫小吉的乡下姑娘，到他们店打工，原先是跟着荷花搞染烫的，后来她却主动要求到吴仁这里一边洗头，一边学理发。这个时候还有女孩跟他学理发，让他的自信心得到很大的满足。再说，这个女孩天资聪颖，一点就会，深得吴仁的赏识，吴仁也愿意把自己的所得教给小吉，一来二往这师徒俩就配合得很默契。开始，荷花并没有在意，只是偶尔感觉到哪里有点不对劲，但也没有去深想。直到吴仁接到小吉的信息，让他晚上八点钟去公园边的小树林，说有重要的事情和他说时，吴仁慌了，立即把信息拿给荷花看，这时他们俩才觉得事情有些严重。

小吉在小树林边见到了吴仁，发现他是和荷花一起来的，她二话没说扭头就走了，从此再也没去他们俩的美发店上班。

荷花提到这件事时，看得出是自信满满。接着，她还低声笑着跟我说，你不知道，吴仁那人爱认个死理。

五

吴仁知道荷花把他们俩的事向我都和盘托出了，所以后来在我面前没有再讲故事，谈得最多的，就是我该理什么发型。

我到吴仁那里理发，图的就是一个传统发式，且不做美容、不做护理，其他的也就没有考虑那么多。至于荷花说他不该一直坚持传统理发，这种做法已经过时，不再合适，这个我的确说不清楚。关于对与错的问题，真的不好定论，因为每一个人看待事物，都有自己的判断和说辞，关键是看你站在哪个角度去思考了。

没事的时候，我总爱这样去想。

民歌唱在八月天

　　注定，这个季节是会有歌声的。没想到的是，这最嘹亮的歌声，来自大别山的商城，更没想到的是，这起歌的人竟是王霁初，歌曲就是《八月桂花遍地开》。

　　王霁初，何许人也？据史料记载，他是商城的民间艺人，非常喜欢收集与整理商城民歌。从小，王霁初是个文体兼优的学生，但他偏偏"不务正业"，这让父母及伯父都伤透了脑筋。长大后，他又舍去了田产及家庭为他铺设好的仕途，与民歌和演唱结下了不解之缘。原本他只是一个戏迷，后来当他看到红军为贫苦人做事，很受百姓拥护时，便心存向往。1929 年他终于参加了革命，接着就担任了"红日剧团"的团长。1932 年 10 月，王霁初随红四方面军进入四川，不久，在一次战斗中，为革命献出了他年仅 40 岁的生命。

　　虽然，王霁初逝去了，可他唱给八月的民歌还活着。这歌声不光回响在大江南北，而且一直鲜活在众人的心中，它像是一把烙铁，把那首民歌及其以外的故事，都深深地烙进了人们的记忆里。

　　那是"商城起义"（也称"商南起义""立夏节起义"）成功不久，红军第三十二师从商城南根据地出发，智取了商城县城。打开商城以后，要建立河南境内第一个县苏维埃政府，在筹备庆祝成立大会时，红军和县委负责庆祝活动的人找到王霁初，想请他创作一首反映劳苦大众得解放的民歌在会上演唱。王霁初不仅没有推辞，还很乐意地接受了任务，并为此积极地准备着。因为，无论是在他的眼中还是心里，早已澎湃着一种激情，那刚刚发生的一幕，贫苦市民们为庆祝胜利，欣喜若狂，奔走相告，城关人家，张灯结彩，户户挂红布，人人系红带，以表示对红军欢迎的情景、身影以及胜利的整个过程，都深深地感染了他，仿佛那些场景依然在他的眼前。于是，他经过积极充分的酝酿、思考和推敲，决定把他所看到的、听到的、想到的统统写进他的歌里。最终，一首新民歌的脉络，在他的脑海深处渐渐地明晰、形成。

序曲。就在当时，商城城乡革命斗争的浪潮不断高涨，强烈震撼着国民党反动派，有力地动摇了他们的反动统治，使反动地主阶级恐慌万分。然而，他们并没有闲着，而是采取了更加残酷的手段，疯狂地镇压商城人民的革命斗争。在形势变得十分危急的情况下，南乡党组织决定，将原定的"中秋节暴动"提前为"立夏节起义"。

旋律。（一）在丁家埠，当时住着杨晋阶的民团一个分队，有三十多人，也是该股民团的主力。共产党员周维炯利用自己在民团里的特殊身份，以整理内务等为名，与群众党员曾泽民带领的起义农民联手，里应外合，活捉民团队副张瑞生，收缴了民团挂在墙上的武器。

（二）在白沙河，由徐其虚、郑延青带领三十多名农民武装，从太平山，经柏树冲，直插住着伪县政府派出"清乡"的陆文宾民团的福禄庵。打入该民团的党员冉绍红，见起义队伍一到，便把事先准备好的两箱煤油泼到房上，然后点着，霎时火光冲天。酒醉梦乡的民团光身逃跑，当场被打死四人，打伤数人，其余被俘，武器全部缴获。

（三）在吴店，由廖业琪、汪永金等率领太平山另一支起义队伍四十余人，趁夜摸掉岗哨，包围了住在竹叶庵里的民团。通过激战和喊话，在打入该民团的党员周厚玉的配合下，民团很快瓦解，十七人起义，十五人被俘。

……

和声。在斑竹园，由毛月波等率领的当地农民武装趁民团在聚众赌博之机，冲进团部，当时匪兵们个个呆若木鸡，无力反抗，只好缴械投降；在南溪，由詹谷堂、袁汉民等在火神庙集中农民和进步师生二百多人，竖起红旗，燃放鞭炮，成立赤卫军，宣布起义。

肖方率领一部分人，从吴家店奔袭李家集，消灭李家集民团一个班，打伤团总杨晋阶；王立宪带领白沙河赤卫队消灭了刘家楼民团一个班；沙堰农民五十余人，包围消灭了徐五庙民团一个班，缴获了部分枪支。

同时，商南、和乐两区有十余处农民和民团也举行起义，所有起义都旗开得胜，一举成功，从而使革命红旗插遍整个商南。

……

曲式。在选择曲式方面，王霁初是费了一番心思的。他首先想到了商城民歌中的山歌和田歌，像《山答应》《打吆喝》等，但这些都不能很好地表达胜利的欢畅及人民群众当时的那种喜悦心情。

一天晚上，王霁初正在冥思苦想地思考曲调时，突然，街上传来咚咚嚓嚓的锣鼓声，那优美的旋律，欢快的节奏，一下吸引住了王霁初。王霁初不由得哼了起来、唱了起来、跳了起来。对！就用它，就用《八段锦》的曲调。因为用这种欢快的调子，最能表现劳苦大众翻身做了主人的情怀。更何况，这是当地民歌的唱法，衬字也完全用当地口语中的"呀、嘛、啊、啦"，这样人们非常熟悉，一听就会，并且容易接受，便于传唱。

激动不已的王霁初，在确定曲调后，心里开始哼了起来：小小……鲤鱼……压红鳃，上游……游到……下呀嘛下江来。头摇尾巴摆呀哈，头摇尾巴摆呀哈，打一把小金钩钓呀嘛钓上来……

不对，不对，该换一个歌词。王霁初赶紧把别人送来的新词一字一句认真地对应填上，然后又反复斟酌、反复修改。

试唱。

八月桂花遍地开，

鲜红的旗帜竖啊竖起来，

亲爱的工友们呀啊，亲爱的民友们呀啊，

唱一曲《国际歌》，庆祝苏维埃。

……

对、对，这就对了，这才符合自己心中的那个标准。当王霁初再次完整地唱出《八月桂花遍地开》时，发现外面的天已经亮了。想到一首新的民歌诞生，想到这首歌即将在庆祝大会上演唱，他又情不自禁地唱了起来。

尾声。

八月桂花遍地开，

鲜红的旗帜竖啊竖起来，

张灯又结彩呀，张灯又结彩呀，

光辉灿烂闪出新世界。

……

从此以后，每逢进入八月，看着丰收的景象，闻到飘扬的花香，人们都会从心底诵唱着"八月桂花遍地开"的歌来。而如今，这歌声，在唱出自豪的同时，也在激励着人们，去建设自己更加美好的家园。

第四辑

忘不了的乡愁

乡愁是棵乌桕树

　　乌桕树的叫法，是我在书本上看到的，原来我把它叫作木梓树。就像知道我生长的那个小山村，后来叫故乡一样，当初叫的时候并不习惯，是经过多次反复的尝试，这才慢慢改口。不过，在我情感深处，依然保留它原有的名字。即使，我知道了这只是乌桕树的别称，但还是固执地那样叫着。

　　许多年后，由于工作、生活和离开家乡等诸多原因，乌桕树的身影几乎淡出了我的记忆。那种踩着时间的节点，四季变换色彩的轮回，没有在我的生命里继续交替。反而是在我闲一些的时候，乌桕树却走进了我的梦里。开始时，是模糊的，属若隐若现的那种，接着，一点一点变得明晰起来。

　　坦率地讲，我在乌桕树身边的时候，并没有感觉到它的特别之处。相反，是在这多年之后，那些碎片似的梦境，才把它重新串连到了一起。后来，经过不断的回忆和细致的梳理，乌桕树就在我的脑海里形成了一个完整的印象。

　　春季，对于乡村来说，那是产生烂漫的时刻。大地回暖，万物复苏，一切的事物与生命，都在展示着美好和希望的迹象。说实话，这个时候的乌桕树并不显眼，因有那些桃花、杏花、报春花之类的花树，夺走了众多人惊喜的眼球，谁也没有太留意乌桕树的存在。包括我，就根本没有把乌桕树纳入视线之内。

然而，乌桕树并没有在意别人赞赏或是欣赏的目光，只是在那枯树一样的枝头上，悄无声息地发芽、生叶、成长，直至开出如穗状花序的小花。

花开时，开始很细、很慢，后由小到大，由柔弱到丰满。所开花的树，步子并不一致，有性子急一些的，也有憨一些的。一般情况下，主要花期在6—7月，整个过程会持续到初秋。

这个时候，我们也没有闲着，在树下荡秋千，在树上掏鸟蛋，已经成为我们那帮孩子的家常便饭。可是，鸟儿们也不愿乖乖就范，时常会变换着对策。比如，喜鹊就把窝建在树的顶端，因为，乌桕树在我们村子里是最高大的树，在那里筑巢是能相对安全一些的。

斑鸠就不同了，因它飞得没有那么高，就在中段选一个牢靠的位置建巢。不过，它们会选择隐蔽性好的地方，或是树枝交集、或是树叶稠密、或是花序众多之处。总之，不能让淘气的孩子们发现，它们知道，稍有不慎，就会前功尽弃。

而麻雀，不光是低飞，且身体比较瘦小，巢就搭在树下处的某一枝头上。它们的防范措施就是巢建树梢，使你无法攀爬，让你欲掏不得，欲罢不能，只好干着急。

夏天，通常都是蝉们喊出来的，先是一声，两声。不长时间，蝉们就会喊出"热了，热了——"

村子的东头是一片竹林，竹林的路口和池塘边各有一棵上百年的乌桕树。炎热天的时候，那里是纳凉的好去处。村妇们常常在这里聚集，说一些家长里短的琐事，还有一些打情骂俏的韵事，最后引得哄堂大笑，笑声能传出很远很远。

有时，闲下来后，大爷们也会凑个热闹，或是搬着自家的板凳，在那里喝壶解暑的凉茶；或是半躺在树脚，根的裸露处，在那里打上一个盹，看上去，显得是别样的怡然自得。不过，也有让大爷们闹心的事。多半时间是蝉的叫声，让大爷们不能静心，还有时，是淘气的孩子不让他们入梦。

记得有一天中午，蝉们好像是在乌桕树上开个演唱会，结果，把自家的一位大爷吵得无法睡眠。可能是困很了，或许是懒得搭理，不久，大爷便进入了梦乡。殊不知，这蝉声也是我们进军的号子，三几下，我和一个同伴就上了乌桕树，自然收获了许多战利品。没想到下树的时候，一只蝉从口袋里掉了出来，碰巧落在大爷的脸上。大爷一下惊醒，发现是只蝉，正准备抓时，那装死的蝉趁机"吱——"的一声逃脱。很远处，在逃跑中的我们，还听到大爷在骂：这些兔崽子，跑得还怪快呢！

入秋后的乌桕树，已改春夏两季里的矜持，着浓妆、添重彩，然后就粉墨登场了。浅秋时，乌桕树先是把叶子由深绿变为淡黄，那色泽就像秋光中银杏叶一样耀眼，远远地看，就有童话般的效果。因这时水稻、玉米等农作物都已收割完毕，乡村里的视野变得更加开阔，那些处在田埂上、竹林旁、山丘下、稻场边高大的乌桕树，就显得风姿卓卓了。

每日清晨，薄雾中的乌桕叶会与炊烟一起醒来。随之，伸一伸懒腰，抖一抖精神。接着，就去享受秋日里那暖暖的朝阳和人们艳羡的目光。熟秋里，乌桕树又把叶由黄变成浅红色或是玫瑰红色，让自己的梦境更加绚丽。而后，选一个中午和暖阳对视，或者选一个丽日的下午与晚霞一起睡去。

难怪，宋代诗人杨万里，对秋后的乌桕树有这样的描述："梧叶新黄柿叶红，更兼乌桕与丹枫，只言山色秋萧索，绣出西湖三四峰。"而我认为陆游的"乌桕微丹菊渐开，天高风送雁声哀。诗情也似并刀快，剪得秋光入卷来"一诗，则是对秋天里乌桕树最好的写照。

其实，秋日里的乌桕树是在孕育，是在孕育着乌桕子的成熟，也就是木籽的到来。当繁华落尽、彩红逝去之后，一树的木籽便悄然立在乌桕树的树头。那些木籽像繁星一样，星星点点，银光闪闪，给深秋里的乡村，平添了些许的魅力。其情景，使元代诗人黄镇成就有了"出谷苍烟薄，穿林白日斜。岸崩迁客路，木落见人家。野碓喧春水，山桥枕浅沙。前村乌桕熟，疑是早梅花"的感觉。

木籽成熟后，队里会派出劳力，分组进行收割。通常是三人一组，每组一个男劳力，再分两个妇女配合。男的负责爬上树，用木籽刀把木籽打下来，女的则负责收拾和整理。由于乌桕树很高大，所以木籽刀制得也很特别。常常是男劳力找来一根很长的竹子，把一把锋利的柴刀反方向绑在竹竿上，然后在树上端，用力向树梢处的木籽推去。木籽们应声便纷纷落下，这样既不伤害树枝，收割也会很顺利。

木籽收完后，冬日也就尾随而来了。

最难忘的是那年的一场大雪。雪是头一天晚上就下的，第二天一早看上去，几乎所有的东西都被雪压在下面，唯独村边的乌桕树高高地挺立着。虽说树桠上、树枝上，都落满了雪，但光着身子的树，却丝毫没有被压迫的意识。这让我突然想起了"枯藤老树昏鸦，小桥流水人家"来，不过此时没有枯藤、没有昏鸦，有的只是，在树高处、中间处及下处的鸟巢。至于"断肠人在天涯"一说，我想，或许是说我此时此刻的心情。

雪天里的日子，不全是代表寒冷的一面，有时，也会有温馨的事情发生。那一幕，是村西头队部里油坊传出来的，先是声音，后是油香，再后来，是飘在雪地上空淡淡的炊烟。

那是队部里榨油时留下的景象。每逢进入腊月以后，队里就会安排几位有经验的师傅，在油坊里榨油。开始时，是榨木籽油。木籽全身是宝，其外皮的蜡质称之为"桕蜡"，可以提制"皮油"，是制高级香皂、蜡纸、蜡烛不可缺少的物质。而木籽内质的仁，所榨取的油，称"桕油"或是"青油"，是供油漆、油墨等用的上好原料。

"皮油"和"青油"榨好后，都会送到供销社或是集市上去卖，换得的钱队里会按分值和户头的人数进行分配。

木籽油榨完后，就该是榨芝麻油和花生油了。虽然，数量不会太多，但每户都能分到足够年关炸圆子的用油。接下来的时间，每家每户不光能分到香油，还会分到乌桕树带来的，数额不等的"红包"，这样一来，家家都能过一个称心如意的新年。

现在想想，那些乌桕树，还有那座油坊，不仅甜蜜了一个节日，也温暖了一段记忆。

植物芬芳

滴水观音

我是一位不善于养花、种草的人，家里的院子闲置了多年，除了一棵八年未开花的桂花树和两棵铁树外，几乎没有其他带色的植物存在，不说单调，就连季节的气息都很难寻找得到。我知道，这在爱花草人的眼里，是不可思议的，或者说那简直就是一种浪费。

不是我不爱花草，是我走不进花草的世界。我觉得，花草太过高贵，总喜欢拒人于千里之外，甚至它对不懂花草的人不屑一顾，即使你把它栽在院中，它也会打不起精神，还在不长的时间里香消玉殒，还原到它来的那个世界里去，让你不忍目睹它的尊容。临了，只好放弃，最起码，你不能天天都有黛玉葬花的那种心情。

起初，我是请教过养花、养草的高手们，但对于那些繁琐的注意事项，我是一条没有记住，惨败的自然是我养花草的一些经历。最要命的是，我不是那种越挫越勇的人，更不愿意去总结经验与教训，以至于，对那些花草就听之任之。久了，院子里就剩下不开的桂花、耐旱的铁树和家人。

好长时间后，妻子觉得连生活都过于单一，就率先打破了这种平衡的局面，在别人那里引种了一棵滴水观音过来。刚落户我们家的滴水观音，给我的第一印象就是，看上去很养眼，特别是它那翠绿色的叶子，不光醒目，还可以帮助我减轻眼神经的压力。据说，它是常年青植物，对修身养性和视觉上的疲劳也很有好处。所以，我就把它当成了，治疗我视力缺陷的一味良药。

开始时，我每天都在关注滴水观音的变化，并细心地呵护它的成长。同时，也让青绿的叶子滋润着我的眼睛。不久，滴水观音在我们彼此的关注中，就长成了楚楚动人的形象。

从长势来看，滴水观音没有辜负我对它的期望，无论是它的生长形式，还是整体造型，都向着我心中想象的那样发展。

在我手中渐渐长大的滴水观音，也让我看出一些端倪，它的叶很像莲花的叶子，初看上去，仿佛是一根同族，细细分辨时，可以发现一个是圆形，一个是椭圆形。所不同的是，莲花是生在水中，存在着一种仙气，而滴水观音却长在盆里，有食人间烟火的味道。

滴水观音最大的特点，是依中心长出叶子。幼时的叶子，很细小，而且打着皱褶，像丑小鸭一样不敢抬头看人。慢慢地，它舒了舒筋骨，看看有自己的舞台了，也就大大方方地秀出整个身子。

一叶一叶的滴水观音，在不断地长大、不断地成熟，使空着的院子，有了些许的生机，也让我们有了很多的乐趣。妻子在我的影响之下，每日也都喜欢在滴水观音面前站一站，仔细地瞅一瞅，偶尔还会拔拔草、浇浇水什么的，日子久了就有一种情感上的牵挂。

不巧的是，有一次，我和妻子同时出差，儿子又远在外地上学，滴水观音也就失宠了。等我们回来后，发现滴水观音像是受到很大委屈似的，身上的叶子都已经蔫了。妻子很是自责，接着就是拔草、浇水和松土，还用清水洗净叶面上的灰尘。经过长时间的培育，好不容易才让滴水观音找回了自信。

当第一场霜打在滴水观音身上时，它还能从容面对，可后来的夜寒让它抵挡不住了，先是不再长叶，接着就是萎靡。妻子一看，说，这样可不行，得把滴水观音搬进屋里，不然它很难过冬。

那天，面对着春天里依然神采奕奕的滴水观音，我在寻思，为什么它叫滴水观音呢？在百思不得其解的时候，我就"百度"了一下，发现原来它在空气温暖潮湿、土壤水分充足的条件下，会从叶尖端或叶边缘向下滴水，且开的花像观音，因此也就被称之为滴水观音了。看着这样的解释，我笑了笑后，就想，或许这是人们对美好事物的一种期许、一种向往。虽然，从中看不出任何禅意，但所能看得到的是，人们已把祈福留在花中，把希望放进了心里。

对于这棵滴水观音的种植，我最终得出了一个结论，那就是，只要你愿意付出努力，也就会收获一片绿荫，这里没有深奥的哲学思想，有的只是再普通不过的生活道理。

狗尾巴草

乡下的亲戚程刚，在城里打工，那天来我家时，看我家的院子空着，就顺便从乡下带一盆山菊花给我。开始，我也感到很新鲜，偌大的一个院子里，有花也就有了生机。好长一段时间，我们家都因有花而感到很愉悦。可是不久，花开始凋零，接着就枯萎了。当时我在寻思，不知是我培育得不得当，还是山菊花不愿在异地生长。总之，花就那么悄然地离去，还让我伤心多日。看来我真的不是那种养花草的人，再好养的花草在我的手中，都没能枝繁叶茂，生根开花。在处理衰花时，我确实有些不忍丢弃，便把花和盆都放在那里，没有管它。

第二年开春后，我想看看山菊花能不能翻出新芽。没事时，我都会在盆边转转，可一再等待，也没有发现新生叶的迹象。就在我即将失去信心的时候，竟看见，在死去花的边缘，长出了两株狗尾巴草。

　　刚长出的狗尾巴草很弱、很小，先是长出一两片叶子，接着就长出了小穗。小穗铅绿色，毛绒绒的，可爱极了，在微风中摇动时，真像小狗的尾巴，难怪谁给取了这样一个名字。

　　莫说，随着日子的不断翻新，渐渐地可以看出，这狗尾巴草长得还挺壮实，无论是叶还是穗，都比别的地方狗尾巴草，长得要肥大一些，看上去还有花的模样。在我们家没有其他花草的情况下，狗尾巴草的出现，也着实给家中带来一些乐趣。

　　那天，程刚来看我，无意中扫了一眼山菊花，当看到盆里长出狗尾巴草后也很惊讶，就说，连自己都没有想到，这真是有心栽花花不开，无意种草，草生长了。

　　落座后，我和程刚聊了很多，话题从花草到他的工作。

　　程刚说，刚来时，我在城里很难找到工作。由于没有学历，也没有一技之长，加之彼此间的不信任，使我在城里流浪多日。那时住过桥墩，住过地下室，收过破烂。有一段时间我真想回去，觉得城市不是我待的地方，我与城市之间好像有着距离。可又一想，既然来了，就马上返回，还真有些不甘心。

　　好在有一天早上，我被一阵声音吵醒，后来才知道，是几个维护下水道的工人，因一处又脏又臭的地方堵了，大家都不愿意去疏通。结果，我揽下了这个活，从此我就找到了事情做。

　　我知道程刚在城市里过得很艰辛，几次提出让他来家里住，都被他回绝了。好长一段时间里，由于各自很忙，彼此都没有联系。一天下午，我在看报纸时，突然看到了他，他的照片登在报纸上。依照片下面的几行小字，我了解了大致的情况：有一女孩因失恋，喝了大量的安眠药后，从桥上跳到满满的河水里，是程刚首先发现并成功救起了那位女孩。

　　程刚闲下来后，总喜欢来我们家坐坐，每次来时都习惯先看看那个花盆，然后又看看盆里长出的狗尾巴草，偶尔，还会用手摸摸草上的小穗。我们之间的话题很多，从乡下的节气到城里的见闻，还有家长里短的一些事。

记得又有些日子，程刚没来我们家了。那天，我突然接到电话，说程刚住进了医院，于是我放下电话就赶了过去。看到程刚时，见他满脸是血，躺在急诊室里。从现场警察的口中我了解到，程刚是在追一抢劫犯的途中，被其同伙打成重伤，后来被抢的人也没了身影，是警察把他送到医院的。

程刚出院后，跟我说他这次一定要回乡下去，不再继续在城里打工了。是我去车站送的他，并帮他买了回去的车票，因为他身上所有的钱都交了住院费。

对于院中的狗尾巴草，我并没有想铲除它的意思。相反，我把它看成是院中的一道别样风景。每天，一有时间时，我几乎都去看看它，把它由青绿看到淡黄，再由淡黄看到穗上的籽，像蒲公英样飞撒一地。

有趣的是，第三年那花盆里依然长出两株壮实的狗尾巴草。可在院中看它的只有我和家人。

自从程刚回到乡下后，我就没再见到他，后来听别人说他承包了旧村部，在那儿建起了养老所，并把周边的老人都接到那里。但由于没有其他收入，养老所经营得很惨淡。

最近一次看到程刚，是在城市街道边的文明窗里见到他的照片，作为道德模范，他得到了市里的肯定和宣传。从他照片那憨厚的微笑中，我除了看到一种坚毅外，还看出了一种诚实的自信。

金边吊兰

妻子在出差之前，就再三叮嘱，可别忘了给我们刚移来的那盆金边吊兰浇水啊！

我知道妻子的这次叮嘱是很有分量的。这不仅仅是因我们家原本就没有什么花草，更为重要的是妻子对这盆金边吊兰倾注了很多的心血。单是她从邻里手中匀出这盆吊兰就费尽心思不说，后来妻子竟像养着宠物一样养着吊兰，这就足见对其重视的程度。

对于妻子的叮嘱，每次，我都会随声应和。虽然，一般情况下，都是从左耳孔进，右耳孔出，但这样也有好处，那就是，妻子说我很听话。

按说我是个不太注意生活细节的人，很多事情不是做得一团糟，就是没有兴趣。久之，那种养花种草的事情就与我十分生疏。

曾经我也想在自家的院中种些花草，做一个修身养性的人。可是由于我经常丢三忘四，容易忽略其事物发展的规律，往往会是望草忧伤，望花兴叹。很多时候，那些花草的枯萎不是自然的凋零，而是非正常的衰败。

后来，在一次文友的聚会上，我请教了几位养花草的高手。我说：我不善培土，不懂施肥，总忘记浇水，你们说我适合种植什么花？其结果，那几个会种花草的文友异口同声地说：塑料花！

所幸的是我没有因为他们的笑谈而气馁，我坚持种着、养着。而到现在为止，依然茂盛的，就是院中那两棵耐旱极强的铁树，和八年未开的桂花树。

前些时候，妻子从邻居那里弄来了这盆金边吊兰，说其有两重意思：一是可以和谐一下邻里关系；二是这金边吊兰也很名贵，贵就贵在吊兰藤上的叶，其内心青绿、四周金黄。所以，也就有了金边吊兰这个美名。

说来也是，这金边吊兰在妻子的手上养了一段时间，竟由小到大，由弱到强。后来还长到一米多长，无论是在院中还是在楼梯道旁一放，还真能成为一道风景。这也为我们的生活平添了很多的惬意和乐趣。其间，妻子还叫来邻居一同观赏，在欢笑中，她们谈着一个共同的话题。

可妻子出差后的第六天，我突然惊讶地发现，那盆金边吊兰全成了金黄色，没了一点绿意。再看，原来它开始枯萎了，我的心情一下子沉重起来。

我赶紧找来工具，为金边吊兰松松土，又浇上足够的水。接着我又把它搬到院中的花架上，让它见见晚间的露水。经过精心的培育与呵护，金边吊兰没有辜负我的期望，它慢慢地、一点点地呈现出了生机。

妻子回到家里，第一眼就去瞅瞅那盆金边吊兰，见其鲜活如初，一脸的欣喜，对我也投来了满意和甜美的一笑。那一刻，让我真的有了一种幸福和美好的感觉。

现在，每逢看到这盆金边吊兰，我就在想：其实，我们生活当中的爱情、邻里之情、亲情和友情等都是这样，在情感的百花园里，它们都需要适时的施肥、添土和浇水。否则，你有再好的土壤、再好的品种，如果你不去保护和培植，而是视而不见，或者肆意践踏，那么你怎么能看得到最美的景致呢？

乡村的精灵

我总是在想，乡村为什么不会变老，它长寿的秘诀在哪里？后来，我突然想到了那些精灵，那些活跃在乡村的精灵，或许是它们的声音、它们的活跃、它们的成长，让乡村有了记忆、有了流动的血液，因此，乡村也就鲜活了。

那个时候，我对这些并没有去仔细地思考，反而是现在，每当想起它们时，有苦涩、有酸楚，也有欣喜的泪水。总之，就是倍感亲切，好像它们的样子依旧历历在目。

斑　鸠

二旦抓了两只鸟，那鸟还在襁褓之中。惹得我们既嫉妒、羡慕，又恨得牙痒痒，因为我们抓的大都是麻雀之类的小鸟，而二旦抓的却是两只斑鸠。

我试图从二旦的口中蹚出路子，也想顺藤摸瓜式地去碰碰运气，但二旦一直守口如瓶，我们也不知他到底是从哪里弄来的。

可二旦抓的鸟还是光着膀子的小鸟，怎么喂呢？这个难题一直困扰着二旦和我们，抓蚂蚱和小虫子之类的东西喂它们眼看不行，那时候又没有什么奶或是奶制品，更何况又不敢向大人寻求帮助。还是二旦的脑子好使，他一下想到了羊奶，于是他就去讨好当羊倌的二叔。当然，二叔不知道二旦的用意，只知道这孩子比以前懂事多了。

二旦取回羊奶后，就急着去喂鸟，没想到两只小斑鸠并不领情，小嘴在奶里动了两下就不再问津。无奈之下，二旦还是用煮得很烂的稀饭米喂它们，虽然小斑鸠极不情愿，但二旦把稀饭米送进小斑鸠口中的这种办法，很有效果，最起码小斑鸠们没有饿死。

还有就是二旦拿竹叶卷成筒，每当喂完小斑鸠们稀饭米后，二旦还会不时地喂它们一些水，虽然小斑鸠们摇头时会甩出一些，但还是有一部分水流进了它们的口中。二旦说，总之，绝不能让它们渴着、饿着。

不过，惦记小斑鸠的不光有我们，还有王二奶家的那只猫。那个年月粮食都不够吃，因为没有什么吃的，连老鼠的繁殖能力都在下降，这样猫也就一直处于温饱状态。起初猫的几次尝试，二旦都没有注意到，直到有一次，猫向小斑鸠发起了攻击。二旦一听有动静，就跑了过来，发现猫已把鸟笼扑倒在地，情急之下，二旦一脚向猫踢了过去。

小斑鸠没有葬身在猫的腹中，但是，受到很大的创伤，因此小斑鸠的生命状态每况愈下，直到离开。

那一段时间，我们听说王二奶家的那只猫不敢在王二奶家待了，只好把家安在上湾的一家愿意收留野猫的人家里。

可能是上天的眷顾，也许是与斑鸠有缘，在不到一个月的时间里，二旦又弄来两只小斑鸠，看上去这两只小斑鸠不仅个大，且已开始长出了绒毛，特别是翅膀上的羽毛也在长。这就预示着这是两只大斑鸠了，只不过是还不能飞，还需要哺育。很自然，二旦就担当起老斑鸠的角色。好在这个时候的斑鸠好喂，虫子之类的食物它来者不拒，不过，更多的时候，二旦是拿泡好的小麦喂斑鸠。

斑鸠在二旦的尽心呵护下，成长迅速，转眼之间就有了成熟斑鸠的风采。二旦脸上的笑容因此而打开，这个时候二旦还教斑鸠一些小的动作，或是跳跃、或是抢食，二旦最得意的是把斑鸠放在二指头上，让斑鸠试飞。往往斑鸠很配合，那种打开翅膀上下起伏的感觉让斑鸠很活跃，也很兴奋。演示一番的结果，让许多同伴都睁大眼睛在羡慕。

然而，好景不长，就在最近一次二旦炫斑鸠时，一只斑鸠真的飞了，而且头都没有回，径直飞到对面的那片山林里。二旦没有拔腿去撵，而是静静地看着斑鸠远去的背影。

这次反应最强烈的，倒是二旦的父亲，他知道后就说："都是大鸟了，多好的一顿美餐啊，跑掉有点可惜。"后来他又说："幸好还有一只。"可当二旦的父亲第二天去看剩下的那只斑鸠时，发现鸟笼里什么都没有，他用不解看看儿子，二旦什么也没说，只是低着头走了出去。

事后有人说，他亲眼看见头天晚上，二旦把那只装有斑鸠的鸟笼挂在母亲坟前的小树上，然后打开了鸟笼的门。

绿翠鸟

绿翠鸟是村子里最漂亮的鸟，它披着一身彩色的衣裳，看上去非常迷人。可三姐却偏说，绿翠是一种非常可爱的鸟。说实话，我没有看出绿翠鸟的可爱，倒是看出三姐喜爱绿翠鸟达到了痴迷的程度。

三姐长我两个月，是村东头汪婶家的女儿，她十分内向，不爱说话，也不爱与别人多交流，唯一爱干的事就是洗衣和看鸟。洗衣是可以常去池塘，因塘口青石板边有一片刺槐林，林上时有小鸟光顾，这鸟不是别的，就是绿翠鸟。是三姐首先发现了这一新品种，她告诉我时，我开始不信。三姐说，不信我带你去看。

那天，我在三姐的指引下，按照她的要求，小心翼翼地藏在刺槐林的后面，等了许久，这才第一次仔细地观察到了绿翠鸟，几乎是绿翠鸟的一切，都烙进了我的记忆。

绿翠鸟的嘴长而尖，且后粗前细，这可能是方便它捉鱼时用的。顶上有灰白的点，有时还有仿佛是翘起的冠。特别是它眉宇后和下额处的两道像是画上去的半是黄色半是白色的毛，很是醒目，能让人过目不忘。它下身的毛是浅黄色，上半身子的毛是绿翠色，颈部则是灰色，整个身上的羽毛呈流线型分布，每一处的颜色都搭配得恰到好处。

慢慢地我也喜欢起这种小鸟，随着看的次数多了，我发现绿翠鸟虽然身子小巧，仅比麻雀大一点，却显得十分地精粹与干练。它做事时往往是干脆和利落，落与起都在瞬间完成。

可能是看绿翠鸟久了，三姐竟萌生了想抓一只鸟养着的想法，她把目光投向了我。对于女孩子的请求我没法拒绝，更何况人人都知道我是抓鸟高手，这么小的鸟应该不在话下。

谁知我真的食言了。经过反复查勘，我发现绿翠鸟喜欢独来独往，从来都没有看见有两只或是两只以上的鸟在一起。由于它的隐蔽性和快速袭击、快速撤退的本领，让我根本追寻不到它的家在哪里。它最擅长的是坚守与等待，通常会是几个钟头或是半天。它最潇洒的是捉鱼时的一击即中，基本上没有失误的时候。然而，我认为它最浪漫的情景，是在水面上掠过，它的身后会溅起一排雨点似的水花。

对于没有抓到绿翠鸟的事，我心存愧疚，很长时间我都没有和三姐一起去看绿翠鸟了。直到第二年春节过后的一天，我看见三姐哭着脸从我面前经过。我随手拦住跟在三姐身后的狗娃，狗娃说，刚才有几个男孩在那儿说三姐是个女孩，过年时大家都穿新衣，她还穿着男式的旧衣，也不知道羞。

三姐家里穷，父亲在多年前上山时摔断了腿，家庭因此就更困难了。往往三姐穿的衣服都是哥哥们换下来的，大多的时候汪婶会裁剪一下，再穿在三姐的身上。于是，我就一手拉着三姐径直向他们冲去，那帮家伙是知道我的脾气的，见我带着责怪而来，个个比兔子跑得还快。

后来，没想到三姐就在洗衣时出事了。

那是初春刚过的一个早晨，天还在下着毛毛细雨，三姐来到塘口的青石板上洗衣，不知什么时候绿翠鸟也来了，依旧站在刺槐林上。三姐看到鸟时，鸟也在看她。看上去，鸟没有戒备，或许是想，根本不需要戒备，因为这种状况，鸟都已经习惯了。

小雨中的绿翠鸟显得越发好看，不知是出于何种原因，三姐竟有伸出手的冲动。起初，绿翠鸟并没有出逃的迹象，也懒得管三姐在做什么，就在三姐的手将要碰到绿翠鸟的一刹那，绿翠鸟"嗖"的一下飞走了。哪知道，三姐在用力时，没有掌握好身体的平衡，结果，一头栽进了池塘里。

第一个看到的就是我，在使劲呐喊之后，我跑了过去，接着就跳进水中。附近很多村民应声赶到，在大家共同努力下，三姐便脱险了。

不过，事后听说，三姐感冒了，半夜里还发起了高烧。汪婶一直守在三姐的身边，不停地用凉毛巾敷在三姐的额头上，来为三姐降温。敷着敷着，汪婶听到高烧中的三姐不停地在说话，她说：我要新衣，我要花衣，我要绿翠鸟……

第二天，别人问起时，三姐的奶奶说：昨晚三姐发了高烧，人都烧糊涂了，还说了半夜的胡话。

鹌　鹑

至今，我都不敢提及鹌鹑这两个字，因为我看到它时，就会想起它的眼睛，那双眼睛里透出的光，永远成为我心中的痛。

鹌鹑胆小、怕人、喜欢群居，只有每年4—5月时才到我们这里，下蛋、抱窝、养子，然后就飞走了。

山伢子跟我说，这是小山鸡，它们长着长着就长成大山鸡了。那时，我心里想也许就是，因我看见过山鸡的鸡崽，灰麻的身子，毛茸茸的，和这个很像。记得那是在刚收割完的麦茬田里，一只母山鸡领着它们，那群小家伙十分活跃，非常机灵，到处觅食。有靠近的人想伸手捉住一只，没想到，一转眼它们便跑得无影无踪。

山伢子的爷爷是我们这里有名的猎手，据说他对动物的习性、分布和活动规律等都了如指掌。可他一般不打小动物，只打像野猪一类的大家伙，有时也打一些山鸡什么的回来改善生活。

有一次，山伢子的爷爷在对面的山上放了一枪，结果一只山鸡从山伢子爷爷响枪的地方起飞，落在我前面的小路上，然后一头钻进长满荆棘的草丛里。我赶了过去，却发现了真正的"顾头不顾腚"的一幕。那山鸡的头部钻进草丛，而战战兢兢的尾部和长羽毛还留在外面。我知道我一个人的力量是降服不了这么大的山鸡的，于是，就喊来许多拿着武器的大人。等大家赶到时，可能是惊恐未定的山鸡恢复了平静，见来了这么多人，便"咯"的一声飞了出去。后来，有人说，多好的一罐子汤啊！可惜，可惜。也有人说，当时你怎不拿一木棍打哈，一棍子打下去它就跑不掉了。

事隔不久，山伢子的爷爷在一次打猎时，枪膛里有一粒钢珠跑偏了，一下打到不远处在劳作村民的大腿上，鲜血流了一地。事毕，山伢子的爷爷就烧毁了自制的猎枪，从此洗手不干了。

对山伢子谈起鸟来，开始我也是深信不疑的，因为他有爷爷当老师，我想肯定是错不了。可哪知道这家伙是乱弹琴。

那天，我在山坡上又看见了一群山伢子说的小山鸡，我追赶了一会没有追上。就在我灰心下山时，突然发现了一只小山鸡趴在那里，我走过去时小山鸡溜走了。这时我惊奇地发现小山鸡下了蛋，一窝下了五枚，我摸了摸蛋还是热的，心想，这小山鸡不会走远，于是我就藏了起来。果然，不一会那小山鸡又来到窝里继续趴着。我悄悄地来到小山鸡的背后，想来一个趁其不备，就在我正要得手时，小山鸡一下飞走了。我故伎重演，想再来一次抓捕，可一直等到天黑，也没见小山鸡出现。

第二天一大早，我就来到老地方，发现小山鸡又在那里趴着。于是，我找到一根木棍，来到窝边，随手用木棍打了下去。说来也怪，那小山鸡根本没有躲闪的意思，只是偏起头，用一种奇怪的目光看我。就在我的木棍刚要落下时，我的心里"咕咚"了一下，结果落的力气没有那么大，但还是伤了小山鸡的翅膀和大腿。

我高兴地拿着战利品下山时，正巧迎面撞上了山伢子的爷爷，爷爷问我做什么，我就把猎获小山鸡的经过说了一遍。爷爷看看小山鸡，又看看我，说：这哪里是小山鸡？这是鹌鹑。

"鹌鹑?!"我的大脑一下热了，真的有点不敢相信。随后，我红着脸，又问，那它怎么不选择逃跑呢？爷爷说，它是在孵化，如果长时间不孵化的话，小鹌鹑就会在蛋里生不出来，这是它的天性，这种力量就来自于它的母爱。

当我真正明白母爱是怎么一回事的时候，我就不敢面对"鹌鹑"这两个字了，一旦见到这两个字时，我的眼前就会浮现出那恐惧、无助，甚至是哀求的目光。从那一刻起，我就陷入深深的自责之中。

怀想故乡的炊烟

如果用花来形容故乡某一种场景的话，我宁愿把故乡的炊烟看成是一朵牵牛花，这不仅仅是牵牛花喜欢开在乡村的缘故，更多的是因为，牵牛花的不断攀爬和喇叭一样的花开。

村子是牵牛花的沃土，炊烟就是藤蔓上开出的花。每逢需要炊事的时候，花就会临村而开。特别是清晨和傍晚，简直就是花的盛装期。那些花，有时是依次交替着连开，有时是羞羞答答地独开，也有时是竞相斗艳似的比着开。那情景，看上去宁静里透着温馨，舒缓中布满亲切。

故乡的炊烟，就这样一直鲜活在我的记忆里。

我第一次学会看炊烟的时候，是在村子中最高的一座山上。还在做羊倌的我，被母亲唤着乳名回去，我知道是开饭的时间到了。当时，突然回身的我，竟一下发现了自家的炊烟随母亲的声音，淡在了山的晨雾里，接着随雾一起，来回在村头和村尾。从那一刻起，我就喜欢起欣赏炊烟，再后来也就细心地、习惯性地观察起来。

不是说所有的炊烟都是一种颜色，它们大都是一直在变化着的，我敢说它们的成因有影响着的外界元素，也存在着情感的色彩。有时它们是浓的，有时是淡的，还有时是相间的。我认为，它们这种性格的形成，是根据季节的变换，或是炊事时间的长短而决定的。

  大多的时候，春季里的炊烟最浓郁。这不仅仅是春荒的原因，更主要的是冬季把储存好的物资都消耗殆尽了，待到春上万物复苏时，一切都是新的。而那些做炊事用的燃料也是新的，自然，燃烧出来的炊烟也就十分强烈了。我曾经记得，是在一个春雨绵绵的日子，母亲烧着刚拾回来的柴草时，由于草是湿的，只好边烧边炕，结果浓烟窜满了整个屋子。当时我看不清母亲的身影，只听到母亲不断的咳嗽声。待后来浓烟溜出去时，也把生活的艰辛、过日子的不易和母亲委屈的泪水一同带向了室外。不过还好，在葱翠的群山面前，在碧绿的草地上面，浓浓的炊烟，最终也只能成为村子中的一种点缀。

  还有的时候，一般是做炊事刚开始时，炊烟是浓的。在乡村，大多数的巧妇都习惯把灶烧得通红，然后才去考虑该做些什么、能做些什么。因为，她们都希望把日子过得红红火火，她们都相信火烧得越旺越好，她们认为，火烧到旺处时，一切也都该顺畅了。

  夏季里的炊烟最平静，这时炊烟的最大特点就是短、平、快。因为这时的乡村，到处是忙碌的身影，到处是抢收抢种的身影，家家户户根本没有更多的时间来做炊事，即使是要做炊事时，也会非常地简单。所以，夏季里的炊烟似晨雾里的牵牛花，可以用时隐时现来形容。

  倒是秋季，是炊烟最张扬、最有个性的时期。众多的食物都进了粮仓，品尝丰收后的喜悦也是顺理成章的事，这时许多的农家都在晚炊时延长了时间，尽情地享受着劳动带来的成果。好像喜悦也感染了炊烟似的，此时的炊烟，或多或少都有些醉意，它们一反往日直上云霄的惯例，而是变得袅绕和多姿，甚至是伸着懒懒的腰。然后，是朵状的、瓣状的、絮状的，悠闲地、漫不经心地、时断时续地向上盘旋。这个时候，如果用欣赏的眼光去看的话，可以看出，炊烟的身姿是优雅的、抒情的，有时还是委婉的。

　　当炊事全部完成时，炊烟也就渐渐地淡去。这就预示着开饭的时间到了，很多家的孩子不用喊，也不用催，因为淡去的炊烟就是信号。随后，牧童、老牛，还有笛声，都依次进入村子。注定，这个夜晚很温馨，梦也很香甜。

　　冬日里的炊烟，则是线状的。虽然，在雪的映衬下，几乎看不到它们的行踪，但是，走近时可以看到烟囱上腾起的苗，那种景象，像牵牛花开着的花蕊。或许这时的炊烟，也在享受着冬日雪天带来的没有鸡鸣、没有狗吠、没有纷争和复杂，只有灶膛、火膛燃出的那份温暖和宁静。

　　现在想来，我喜欢炊烟的理由，是它有如牵牛花般乐观、积极的态度，和不管遇到什么困难都会昂首朝上、向天而歌的精神。

城市里的乡音

我是从农村走进城市的，自然就留有许多的乡村情结。虽然，这些年，城市与乡村相互地融入、相互地渗透，几乎没了太大的区别，但在城市里，每当遇到带有乡村元素的事物时，依然倍感亲切。

蛙 鸣

原本我在想，蛙鸣是属于乡下的特产，一直鲜活在乡村的晨曦里，或是朗朗的月光下。可是，有一个难以入眠的夜晚，在城市的某一个角落，我却听到了蛙鸣。

蛙声是在我住处不远的地方传出的。那声音不知是出自哪里。开始我一直在那儿纳闷，因为城市不会有池塘和水田的存在，所以蛙生存的地方本身就是一个谜。不过我想，情愿它是住在某一家人的井里，或是在刚建成的公园人工湖里，抑或是某一下水道的出口处……

声音是有些单薄，却很高亢。先是一声，接着又是两声，后来没有间断。我始终没弄清的是，到底是一只，还是两只或是几只，但可以肯定的是蛙声与家乡的一样明亮。

可能是我对这种声音过于敏感，从第一声开始我就醒了。索性，我披衣来到十一层高的阳台，去寻找那声音响起的方位。

月是从我推开阳台门的刹那间照在我的身上的，那种扑面，让我有了许多的惊异和遐想。原来，城市的月光依然静美，虽然没有乡下月那般俊秀，但那淡淡的青灰，也有像水一样的温柔。无论是天上的月，还是地上的光，都会让人生出情意，就连我的眉宇间也能感觉出透人的清爽。

已经是后半夜了，城市都已安顿了下来，唯有路灯、霓虹灯和门面的灯箱与月色争着光辉。不过，月光总是占上风的，因为它已照亮了每一个黑暗的角落。其结果，那些灯就成了月光的点缀。

我知道我不是专为寻这月光而来的，所以我的注意力就集中到那蛙声的出处。不错，那儿就是人工湖的方向，声音是从那儿传来的。"咕，哇哇""咕，哇哇"，时而间断，时而响亮，飘散到空中的声音显得低缓。因月光浸着细雾水一样流动，所以模糊的不单是我的视线，也有传出的蛙鸣。我想或许这样去听蛙，效果会最佳。因为一些事物的朦胧，胜过真实的呈现，往往想象远比现实更加美好，就像雾里的花、水中的月，你只管去认真地想，不必去仔细地探究。

这时我的心里，并没有急着去弄清蛙鸣的具体位置，只是去专心地聆听。飘逸的、悠扬的，或是低沉的声音绕过城市的上空，在那儿荡漾或是回旋。还好，声音没有惊醒熟睡的人们，也没有引起城市的狗吠，只是在这个躁动的季节，为这个城市送去一种催眠。这也许是对城市的一种融合与渗透，哪怕是调子过分地高昂和单纯，至少我是这样认为的。

可能是偏爱乡间俚语，对宏篇巨著的名曲只会是一听而过。就算是悉尼歌剧院、中国国家大剧院、中央电视台演播大厅演出的经典之作，都没能在我的思想中引起冲动，更没有产生出不灭的印象。我知道，那些都是人们的共同拥有，所形成的艺术魅力，在每一个人的心里会各自不同，或是震颤的共鸣，或是涟漪似的掠过。

"咕，哇哇""咕，哇哇"。蛙声又明亮了一些，不过是时明时断的，可韵味悠远而绵长。这不像乡下的那些蛙鸣，在乡下，那种声音是纷繁的，像擂台一样，一种声音下去，接着就是两种、三种或是更多的重叠起来，使得整个小山村都不能安宁。如果再加上一阵鸡鸣和狗吠的话，那声音简直就是在合奏。热闹是热闹了些，可村民都习以为常了，劳累一天的身子伴着鼾声而睡，这个春季的空旷夜晚随它们去闹。

突然间，那声音就没了。不知是蛙们叫累了，或是发现了敌情，竟连一只蛙鸣都没有传出。这个初夏的城市夜晚真的很静，静得让人有些惆怅。虽然也有闪烁的车灯和朗朗的月陪着，可心里不免还是涌出了许多的回想。

通常，池塘里的蛙和田间的蛙是唱着对台戏的，不是比声音的高低，就是比群声的力量。其结果是越比越烈，基本没有落地的时候，即使有了，也会有夜莺、山鸟什么的串台，硬是把一个场子弄得此起彼伏。临了，也没搞明白是谁个在领航，又是谁先败下阵来，真的是无法说清。

"咕，哇""咕，哇"，声音又断断续续地传了过来。听上去像是独奏，可能是因为单一，才显得微弱。这时我就在想，此时的蛙鸣不知是在引导、呼唤、试探，还是在寻找，但我更希望它是在歌唱。在这样一个多彩的夜晚，听一场城市的蛙鸣，对我来讲，获得的不仅仅是赏心与悦耳，更多的还是那隐隐的乡音。

蘑 菇

星期天的早上，妻吩咐我去一趟菜市场。说是本地的蘑菇上市了，你是这方面的行家，就请你买一些回来让我们尝尝鲜吧！

说实话我是很乐于领命的，原因有二：一是在妻的面前表现一番，二是可以亲近一下久违的蘑菇。

菜市场异常火爆，可能是假日的缘故。因为我的目的单一，所以径直去了蘑菇市场，在一嫩小的本地蘑菇摊前蹲了下来。

"这蘑菇怎么卖啊？"

"三十，二十五，要不叔叔您看着给吧！"

我抬头时才看清是一张稚气和生涩的面容。刹那间我竟愣在那里，因为二十年前这样的脸和语言也在此处，而那副面孔不是他人，却是我。

我的站姿没有这么自信，更多的还是心怯。第一次站在这里，接受别人的认可，根本没有拣蘑菇时那种轻松和自如。

那些散落的蘑菇像一束束花，生在山间任何一个不经意的地方，发现时是一阵欣喜，采摘后手留余香。

母亲总是在节日或来客什么的时候叫上我："刚，去采些蘑菇来吧，我们今天做顿好吃的。"

我的腿跑得比兔子还快，每次进山，都有收获。因为哪些地方长蘑菇，什么时节那些蘑菇会生在哪里——阳光强的地方产黄蘑菇，阳光弱的地方产紫蘑菇，这些我都一清二楚。直到有人说蘑菇可以拿到城里换钱时，我才特意选了一个星期天的早上，披星戴月地走进城市的菜市场。

"叔叔您买不买？"

"买、买，我都买下。"

记得也是一位好心的大叔一下买走了我所有的蘑菇，他称了称斤两，就把二元八角钱放到我的手里。当时我不敢相信，因为那是我人生拥有的第一笔财富啊！它不仅可以缴清半年的学费，而且还可剩下些零花钱。在我确定之后，笑容比那天的霞光还要灿烂。

少年又问："叔叔您全要啊？"

我肯定地点了点头，说："看你年纪轻轻的，怎么卖起蘑菇呵？"

少年说："是这样，我家是农村的，在城里上重点班。昨天回去我顺便在家乡的山上采了些蘑菇，带到城里来卖，好挣点生活费用。"

看得出，少年说出此话时如释重负，相反我的心情却沉重了许多。

回到家里我查了一下百度，竟发现辞典里没有这种物质，有的只是纤纤如伞状的白色菌类。而我想可能是这种敦厚且是黄色和紫色的蘑菇只属于乡下，是极其普通的那些品种。

吃着鲜嫩的蘑菇，妻一个劲地夸我，自然我也乐于其中。可是，我在尝着时鲜的同时，也品出了童年和故乡的味道。

与竹为邻

那天，我漫步在城市公园的小路上，突然看到了竹的存在，当时我的精神为之一振。虽然我只看到几株竹长在那里，但这足以让我兴奋不已，因为在这一刻，我已深深地感受到，竹与我之间已经没有了距离。

在乡村，竹是一种再普通不过的物质了。它立根于土，长在山间，像是村庄里的一个孩子，与大山同呼吸、共命运。竹的生存方式和生存状态，一直是沿着自己的规律进行的，从未因为外来因素的干扰而改变。

我读懂竹的时候，不是身处在竹的周围，而是在远离竹以后，产生感悟和念想。

如今，竹不仅是扎根在我的思想深处，有时也会在我的眼前摇曳成一抹绿色。

每当竹或是竹的制品，走进我的视线之内，情感就会随之打开。我知道竹不是我的亲戚，也没有血液上的关联，但与竹的那种相依或是相偎，却让我的生活与空间都充满了温馨和多彩。

生活在乡村中的竹，是我的最爱，也是我的情牵之所在，甚至有时会有兄弟般的感觉。可能是与竹相处久了，竟有了与竹所相同的气息，比如脾气、性格和气节等等。

竹在我们家的房前屋后自由地生长着，就像是我们家的邻居一样。每天我们都能与之对视，每天都能打着招呼，彼此之间的呼吸、凝望和相守，都让我们有了难得的亲切感。

母亲总是很放心地把还在摇篮中的我们，交给可以荡秋千的竹，然后去忙自己的活计。不过，当保姆的角色，我想也是竹们所意料之外的事情。

当炊烟飘摇在竹的上空时，竹会用欣赏的目光去看那种景色。因为炊烟和散淡的雾所组成的一幅幅画面，是竹再熟悉不过的了，那种相融用我们现在的话说，就是田园般的生活。

在平平淡淡的日子里，竹与我们也会产生出许多的故事和情结，那里面有情感方面的纠葛，也有生活方面的趣事，记忆最深的该是三婶和七叔。

三婶的名字叫竹花，当时我不知道她姓什么、叫什么，只知道她是从邻村改嫁过来的，她的前夫死于一次事故，后来所有的人都在叫她竹花，她真实的名字没有一个人提起过。到如今我都没弄明白，为什么叫竹花呢？可以说在我们那里是根本看不到竹子开花的，为什么她的父母叫她这个名字？后来我想也许是希望、是祝愿、是期盼，也或许是因为喜爱竹的缘故吧！

而七叔叫"篾匠"的事是好理解的，"篾匠"其实就是与竹子打交道的人。当初我固执地以为"篾匠"一定是七叔的名字，因为在乡民的习惯上早已把"篾匠"叫成了七叔的代名词。

七叔的篾匠活真可谓是十分娴熟，那种极富煽情的表演，也是有目共睹的。一根竹在七叔的手上截取、柔软、拉细、翻飞，随后可以变成游刃有余的条，也可以变成自由穿梭的藤。特别是那种挥舞的姿势以及优雅的动作，都可以打开人们的想象和好奇。当竹屑带着青青的味儿，成丝、成花之后，那些竹条就变化着，甚至是嬗变着，让竹有了另一种生命。

往往在七叔手上由竹变成的箩、筐、筶等等的物品，不是做摆件用的，而是实实在在地去囤着粮食，装着生活的必需品。至于后来把竹做成花的基座、果的盛篮，以及文人拿不劳而获的人去用竹篮打水一场空的比喻，也是值得深思和回味的。

其实，竹的形象并不总是以美好、希望和向往著称的，它也能成为猎人围捕、惩治暴力的最好助手，它会以利器的形式让那些猎物乖乖就范。有时竹还会合成群体，像鳝篓回型槽那样，形成圆圆的尖兵，专门去对付那些贪婪和利欲熏心的家伙，让猎物们有了不归之路。

可我最喜欢的则是把竹做成笛，就那么简单地留出几个孔后，用嘴一吹，准能吹出悠扬的旋律。虽然每一个音孔吹出的不是柴米油盐酱醋茶的生活节奏，但那从心底飞出的音符会带着乡村的气息，走进音乐的殿堂，走进人们的精神世界。

固然不能说竹是我们的衣食父母，但竹以笋的方式接触我们的味蕾之后，在津津乐道之余，竹会让我们有许多的思考，有时也会令人胡思乱想。譬如我就想过，如果把食竹的熊猫与竹的关系看成是唇齿相依的话，那么食笋的我们，会不会在血液里也留存着竹的元素呢？

曾经我努力地去寻找竹的花开花谢以及竹的果实，想追寻它们生命中的旅程。直到我真正拥有知识和积累以后才发现，竹是根生的，它们的根伸到哪里，血脉就会延伸生到哪里。所以我想，或许这就是竹能适应不同环境，有着顽强生命力的根本原因。

雪的印象

早　晨

是一场雪率先抵达了我的心灵。

之前没有一点征兆，没有一点感知，连温暖的土地也随之睡去，整个乡村都安静了下来。

早晨，我看到雪，就急切地走出房门，来到室外，白茫茫的村庄就在眼前。那雪足有一尺多厚，且通透、酣畅、淋漓、光芒四射，目光所及之处，万物皆空，唯有银白色的雪笼罩一切。

我把目光放开了去，欣赏、好奇、求知都在。

东边的竹林大部分都被雪压弯了腰，即使是站着的，也像是着了新装。那些竹枝上、竹叶上、竹节上，落满了雪，乍一看上去，叶上的雪像花，开出了绒绒的模样，我没敢伸手去碰它，既是怕弄痛了叶子，也是怕破坏了它们正在做的梦。

此时，我倒是想起了在这里的麻雀，昨天还在竹林里叽叽喳喳叫个不停的麻雀，如今，却没了踪影，好像是麻雀都在自家的屋檐下藏结实了，因为没有粮食、没有草虫，甚至没有玩耍的必要，就懒得出来吱声。

那么，那些鸡、鸭、鹅、羊、牛，还有肥美的猪呢？它们的声音和身影都躲到哪里去了？原本小叔是让我来扯猪腿的（当地民俗，就是请吃杀年猪），谁知道赶上了这场大雪。我想，或许它们都想睡个懒觉，让紧张的生活变得散漫一些。不过我相信羊会显得很惊奇，它会想为什么外面的物质比我的毛还要洁白呢？至于牛，会是处事不惊的，它咀嚼生活的经验告诉它，一切都得耐心品味，一切都需仔细琢磨。

对面的浅山、瓦屋、牛栏，都着了银装素裹，像是童话世界的样子，分不清哪些是人在居住，哪些是动物在居住。好在山是分清了，因为那些梯状的茶园，把一个偌大的雪堆分成步步高的形状，可那些错落有致的梯田，以及沟、渠，都没了棱角，没了分界线，一切都变得和睦与友善。

右上方的大塘，已成为一个雪池了，那可是儿时冬日的雪天里，小伙伴们的一处游乐场。雪花、雪团、雪毽子的飞舞及冰上行走，让整个冬天都生动许多、热闹许多。然而，眼前只有厚厚的瑞雪，就连那泄洪用的出水口都积满了雪，看上去雪像是在慰藉，也像是想抹平池塘口创伤似的，让一切都成为过去，一切都成为记忆。

门前的小溪已经结冰，上面铺满了雪，不知是否是溪水的源头冻住，还是水已在冰的下面流过。但可以肯定的是，蝈蝈、蛐蛐、水巴虫、九香虫之类，喜欢早起的小动物们都被雪封在了下面。

最有意思的是，村头那棵古老的乌桕树，虽然昔日的辉煌与荣光不再，取而代之的是雪的拥抱，但看上去却有另一番神韵。远处看，似太极仙翁在晨练；近处看，像城市公园里的过山车，正摇着孩子们那玲珑剔透般的梦想。

我敢说，这场雪是十年难遇的那种，体现了不鸣则已、一鸣惊人的特点。也可能是雪嫌城市太热闹，只想图个清静，结果，一股脑儿把雪花都撒向了乡村。

接受和容纳雪的乡村，变得更加的厚重与干净，当天上没有了飞禽，地上没有了走兽的时候，灰蒙蒙的天空下只有我在与雪对视。此时，感觉到心里像是放下了许多东西似的，随之就坦然了很多、干净了很多，直到我的目光里出现了淡蓝色的炊烟为止。

不知何时起，谁家的早炊开始了，细烟在雪的上空袅绕起来。烟很淡、很细，是盘旋着上升的，不久就消失在空中。那情景，像水中鱼儿高兴时吐出的气泡，也像雪地里，雪人手中飘摇起的丝巾。

是三只鸟把我的目光牵到那棵柿树上去的，至今我都没有想起那鸟叫什么名字，只看出它们灰白的身上，有着红或是黄的绒毛。它们上下攀爬、跳跃、寻找，没有看出它们要离开的意思。此刻我就仔细地打量着这棵老柿树来，柿树的叶子早已脱光，有趣的是树上的柿子还在，虽然不多，虽然都已干瘪，但还是像小灯笼一样在树上挂着。可能这就是吸引鸟儿们注意的地方，也可能是它们在那儿故意玩耍，不过，不一会儿，它们就站在树枝上瞭望。

等我刚把目光挪开，一下子就看到了有两位学生，走在他们上学的路上。那位稍大一些的同学，紧紧地拉着年龄小一些的学生，身后都背着书包，脖子上还系有红领巾。他们手拉着手，相互搀扶，很困难地向前行走着。

这时天上又下起了雪，但不大，是漫不经心、絮状飞舞的那种。那一刻，我没有再看别的，也没有分散注意力，依然是看着两位学生远去的背影，直至他们消失在我的视线之内。

冬日的这个早晨，身体虽然有些寒意，可心里却很温暖。

心　情

雪又一次向我们走来。它走近我们的时候，我们的接纳方式总是多样的。或喜、或惊、或酣畅淋漓、或手舞足蹈……不管我们是否做好了准备，雪就这样飘飘扬扬地来了。

注定第一场雪是下进心情里的。雪临近我们的时候，不仅仅是物质上的抵达，而且也是情感上的所致，甚至是精神大餐上的一次愉悦。经过那么长时间的等待，心灵曾受到过众多的诱惑和中伤，结果就有了一种渴望。这种渴望就像行走在沙丘之中的人们，面对无垠的沙漠、飘摇的心境、游走的思念，忽然间发现了一棵小草。无论小草是否娇美，那都无关紧要，我们所关注的是它生命的动力。思想当中是那草根下漂出的水，它首先带给我们的不是我们生命所需要的水源，而是精神上的舒缓和心情上的洗礼。

然而这种渴望不是每个人都有的，至少那些怕冷的人们和那些被冻僵的物质，他们是强烈反对和拒绝的。那些物质的拒绝不仅有痛苦的呻吟，甚至还有歇斯底里的呐喊。可雪还是下了，下得依旧飘逸。

关于这一点，我最钦佩的就是那乡间的麦苗。对于雪的到来，它们是仰着笑脸的，它们把雪当成它们生命中的储备。这个时候它们所想到的只有两个字，那就是滋润。它们的生命所释放出的激情就是对雪的欢呼和接纳，然后躺在厚厚的雪里偷偷地乐呵亦或是做着梦想。

这时，我们不妨打开对雪的想象。那种想象就是洁白，有如我们来到这个世界之前，我们对世间的任何事物看法都是洁白的。因为那个时候我们不知道色彩，正像我们不知道世间还有恩怨情仇一样，我们感觉世界是立体的、是真空的。可就是这洁白让我们有了最原始的律动，那就是善良、诚实和纯真。

雪向我们撒了过来，以铺天盖地的方式，用状如花朵、状如珍珠、状如飞絮的态势向我们款款地走来。飘在脸上的那朵雪花，是那样的轻柔、那样的美好，让人想到的是少女的初吻。当陌生而又向往的气息，缓缓地向她的唇边移动时，那心的小鼓敲打得怦怦作声。随即一股热流迅速涌向脸庞、涌向周身，就那么轻轻一拥，结果那朵叫爱情的小花就在心田里开了。

当珍珠般的雪落在手臂上时，让我想到的竟是婴儿的啼哭。

在产房外等待焦急的我，听到一声啼哭时，那种连精神都幸福的感觉，让人忘却了世上还有音乐的存在。当我把幼小的生命抱在怀里的时候，总觉得怎么抱都不适宜。把他放在肩上觉得有些单薄，把他放在怀里又担心捂住了他的小脸，就连迈出的脚步也不知该是轻些还是重些。在下楼梯时就一个感觉，那就是眼忙脚乱，好在我平静一下心境之后，脚步才稳当了许多。

雪继续下着，不过形状有了些变化。那些雪都飘成了飞絮，这样一来，最容易让人想到的是那剪不断理还乱的事情。故事很惆怅，邻家的男孩怎么想也想象不出曾经在花前月下、曾经在垂柳依依的河边，那倾尽水儿一般温柔的女友，在他们收获爱情的时候，却披上了别人的婚纱。那婚纱飘起的裙角，有如这飞落的絮雪，让他心生怨丝，眼呈低迷……

这个时候，我们最好忘却对雪的记忆，因为雪会把山川、河流乃至我们的思想都覆盖掉的。那样我们在第二天清晨的时候，看到的会是一个清纯的世界。没有了杂草，没有了高楼，没有了人们引起对物欲的支点，那时我们会感觉圣洁离我们真的很近。如果我们不去早炊，不去打搅内心的平静，我们一定会感到与雪共融的。

能与雪共融，是一件非常惬意的事情，那样我们可以守住心灵的那份安宁、那份美好。然后让雪去慢慢融化，去慢慢孕育。那时我们会丢掉很多累赘、很多包袱。那些包袱包括身体上的，也包括思想上的。

最终，我们是想让思想得到一次解放，让心灵得到一次回归。

舞　蹈

或许就是一场梦，一场晶莹剔透的梦。

之前，在组成梦想的时候，并没有考虑是几角形的状态，经冷风一吹，就这么轻轻地来了。

要说这个舞台是足够大的，我舞了三天三夜以后，才发现还是无边无际。这与我当初的想象十分地吻合，因为我不愿有过多的约束，或者是限制，那样会使我变得刻板、单一和无趣。

就这么缓慢地滑行和飘逸，让整个舞台都成就优雅。

应该说风是助推我们的乐手，每一个音符的送出，都是它的杰作。有时我们齐齐地偏向东侧，有时我们又不带目的地向西走去。走出过整齐有序的步子，也走出过步调一致的和谐。或是上升，或是下降，我们都按着音乐的调子行动。偶尔有不听指挥的，就跳起筋斗舞和街舞来，结果迷失了统一的方向。那种情况下，不是被淘汰就会是落伍。

不是说音乐总是那样缓缓地指挥着，弹奏的永远都是高山流水的声音。间或有 G 大调的畅想，也有小夜曲的韵律。特别是狂舞曲的时候，我们的翻腾，有如台风卷起的巨浪，那种排山倒海的气势，就产生了惊心动魄的力量。

当狂舞行过之后，一切都归于平静。这个时候，每一片雪花的个性化特点就彰显出来，有牵手漫步的，有舒缓滑行的，有翘首弄姿的……不尽的特色，跳着不同的舞蹈。

注定是要落幕的。这不仅仅是地球引力的问题，还有梦想和归宿的原因。可真要脚踏实地了，该选择什么样的场所呢？

一千米高的电视塔顶我落上去过，虽然有霓虹灯闪烁，情景如梦幻般美丽。可是塔峰没有我落脚的地方，那种塔尖锋芒太露，无任何安全基数，经风一吹，就能落魄。更何况灯红酒绿容易迷失方向，认不清回家的路。

眼前飘荡的该是大海的身影。浩瀚我是领教过了，再大也没有我的舞池辽阔。况且，我没想就此淹没，因为没有任何痕迹的消失，有如没有悄然的来过，那种行程等于纯粹的死亡。

看那，是一树梅花。怒放着的梅正对我笑呢！立着的腰身，粉红的脸，让人想起那句"宁在花下死，做鬼也风流"来。要不就落下去吧！入乡随俗也是一种活法。但愿舞场上的得意，也能换取情场上的收获。

　　唉！看这阵风闹的，竟把我裹到了原野。看那银白色的世界，错落有致的应是田园的景色。这时乡村都睡去了，连一丝炊烟也没留着。那一些红的绿的和与此相关的色彩全已关闭，好像万物都回到原点，彼此之间除了简单就是纯洁。

　　总有舞终曲散的时候。离别虽然不舍，却也释然。不觉中，我发现自己已经落在麦田里。开始我有些沮丧，可转念一想，去滋润一片绿色、一片生命，或许自己的灵魂和思想都会随之生根与发芽。

第五辑

触及心灵的事

旧时花朵

人的一生，似不断长着的藤蔓，这中间，会开满许许多多的友谊之花。因为，有了他们的存在，才使得我们的生命变得多姿多彩。每当我们回过头来，想起他们的时候，就像想起旧时的花朵，那种芬芳与美好，时时刻刻都在缤纷着我们的心田。

病友老田

一个陌生的电话打了进来，我看一眼手机上的号码，发现是我从未见到过的。于是，我就心生警觉。前段时间，网上一直在说，骗子很多，花样也在不断翻新，一不小心，就会掉进陷阱里。为防不测，我采取了相应的措施，那就是不闻不问，不理不睬，把上当的概率降为零。想到这里，我随手把手机丢在一边，懒得去管它，让它在那儿自个不停地响。并自我安慰，听这手机的铃声，只当是在听一段并不悦耳的音乐。

手机的铃声停了一段时间后，又响了起来。我抬头一看，还是那个号码，就想，够有耐性的，但不管你怎么叫，我就是不接。我奉行的原则是：无论是中奖也好，套我信息或是说我遇上了官司也罢，咱惹不起，躲得起，绝不给自己找麻烦。

可第三次手机响起来的时候，看那个号，觉得是该考虑一下了。我细致地研究了一番：这个号码，是甘肃那边打过来的。在甘肃，我既没有亲戚，也没有朋友，更没有什么业务上的往来，标准是个欺诈电话。可我转念一想，听别人讲，这智能手机有一个好处，是有来电提醒的，它会告诉你有可能出现的情况。就这个号码而言，没有这方面的提示。更何况，一般情况下，事不过三，说不定还真是有什么事。想到这般之后，我就很忐忑地接了这个电话。

电话那头，是个中年男子的声音，说第二句话时，我一下就听出来了，竟是老田！一个我一年前住院时，同室的病友。

我是由怀疑到兴奋，结果，就和老田聊上了。（后竟煲起了近半个小时的电话粥。）感觉，不仅他的声音又回到我的耳边，而且样子也在我的记忆中明晰起来。

老田是先我两天住进医院的，我们住在同一个病房，且是邻床。巧的是，我们都是因胃出血而住进了医院，不同的是，他是第三次出血，而我是第一次。

老田见我们是同病，又是邻床，就主动和我搭起话来，说，不要紧，哈哈，我都是第三次出血了，没事的，止一止血就好了。说实话，当时我是有点紧张的，毕竟是第一次内脏出血，加之，事前情况不明，从心理上来讲，难免是会有些担心。不过，在老田面前，我还是装着不太在意的样子，心想，大家都是男人，没有必要显得过于胆怯。

见老田主动和我示好，又是同病相怜，我就和他多有交流，慢慢地，也就放下了思想上的包袱。交往中，不仅增进了友谊，也知道了老田的一些不寻常的经历。

老田的老家，是甘肃农村的，那年高考，他考上了中专，也算是鲤鱼跳龙门了。后来，他学的是桥梁建筑，毕业后，被分配到铁路部门工作。虽然工作是有了，可需要常年在外地施工，就像这次由山西转到我们这里。初到每一个地方，其生活环境和工作条件都十分艰苦。好在当年他还年轻，能够坚持，但那种没有规律的生活，最终还是让他得了胃病。

胃病的根留下以后，想治愈就很难了，更何况，他还继续坚持同样的作业。实在没办法时，他只好一边吃药，一边工作。有一段日子，为了驱赶潮湿和打发寂寞的休息时间，他学会了喝酒。三年前的一天，他的胃因喝酒过量而出血。

老田说，第一次出血和你一样害怕，而第二次出血时我就没把它当一回事了。原因很简单嘛，喝酒、出血，不喝酒就不出血，哈哈。

说真的，有了老田的开导，我也坚强了许多。星期一早上，医生查房时，我就主动询问起主治医生。他说，内出血得查，从咽开始，到食道、胃、小肠、大肠等，查出原因后，才好对症治疗，不然就无从下手，即使是你当时把血止住了，但过不了多久它还会出。一般情况下，是没有什么事情的，关键是怕不明原因的出血，要是那样，就得小心了。

等待是难耐的，可医生说，在出血的当时不能检查，不然会引起大量的出血，等稍稳定一些后，再查出血源。另外，还不让我下床活动，说，怕影响我止血。没办法，我只好安静地躺在床上，度过一段难熬的时光。

那段时间，陪护尤为重要。妻子虽然忙前忙后，但做饭送饭等这些事情都需要一个过程。这个时候，老田就主动当起了义工，叫一下护士换药、扶我上个厕所什么的，在他力所能及的情况下，他都做了。不时地还和我说一说他自己的事、工地上的趣闻、听来的笑话等，渐渐地，我们之间就没有了太大的距离。

说真的，老田给我的印象极好，不是因为他帮助了我，而是他所具备的特有品质。他憨憨的表情，缓缓的低音，让你和他交流极其舒服，没有一点反感的意思和戒备的心理存在，反而是喜欢他的那种笑脸与表述。时间长了，我们就无话不谈。从而，也知道了他生活上的诸多细节。

老田的父母都还健在，只是没有体力下田干农活了，一双儿女和两位老人都需要妻子照顾，所以妻子也不能常来陪他。听说他的孩子大的在上高中，小的还在上小学。他第一次胃出血时，妻子是托人照看家庭后才到医院去看他的。他总跟我说，亏欠妻子和家人许多，条件允许的话，一定多陪陪自己的亲人。

还好，经过治疗，我的病情趋于稳定，已经没有出血的迹象。胃镜检查时，发现是胃溃疡。我知道，很久以前，就查出了有慢性浅表性胃炎，随后是糜烂性的。医生说，这次溃疡面比较大，造成了多个出血点，原因就是你说的，近期大量饮用冰啤酒而影响的结果。不过，问题不大，止止血、护护胃，以后注意一些就好了。

而老田的情况更好，住院的第五天早上，就发现自己的大便已恢复正常，他乐呵呵地跟我说，兄弟，我下午就可以出院了。看得出，老田是满身轻松，一脸欢喜的神情。

谁知，到后半夜的时候，老田又被救护车拉了回来。当时，所有的人都感到意外，我也为老田捏一把汗。直到第二天早上，才知道事情的缘由。原来，老田不光有胃病，还做过心脏支架手术。这次胃出血时，医生用了许多止血的药，使血液流动方面受到一定影响。其诱因是，老田的手机在半夜一点多，突然响起，惊醒的老田以为是家里出了什么状况，哪知是一个骚扰电话。更没想到的是，紧张的老田因心肌供血不足而摔倒。

重回医院的老田，属于重点监护的对象，很自然地，稍好一些的我成了他的义工。可他对我的付出总是感激，每每做一件事情，他都会不停地谢谢，反倒让我感觉很不自在。

我出院的那天，老田拉着我的手，一是要下了我的手机号码，并写在自己常用的工作日记里；二是问我，或是我的亲戚里，有做生意的没有。他说，他们这一段时间在这里修铁路、建车站，可以在建材生意方面帮助我一下。我说，你的心意我领了，我没有在工作之外做其他职业。

后来，老田回去上班时，给我打过两次电话。之后，由于大家都忙，就没怎么再联系。

电话里，我问老田，怎么回甘肃了？他说，我趁病的因由，办理了内退，也想回家好好尽尽孝、照顾照顾家人。还说，我原来的手机丢了，这个号码是我回甘肃刚办的一个新号。

最后，老田说，没事的，我只是想给你打个电话，送去一声问候！

在关闭手机的第一时间，我就把这个新号码，存入我的手机卡里，在填写姓名一栏时，我先是沉思了一下，后快速地打下四个字：病友老田。

酒友老怪

老怪，是别人给他起的外号，在我们这里，"怪"是土语，指非常调皮捣蛋，或者说是与别人有着诸多不相同的地方。

第一次见到老怪是在单位，那时市里在搞以花为题的文化节，我们单位需组团参加，可是单位人手不够，县里就从其他部门抽调了一些人员过来帮忙，老怪就在其中。当时，单位里有一个人认识他，就向我介绍，说他叫老怪。开始我有些不解，怎么能这样称呼他呢？而老怪不以为意，还满脸是笑，边握着我的手，边说，嘿嘿！没什么，大家都这样叫，俺都习惯了。后来，叫时感觉还怪顺口的，也就一直这么叫着。

说实话，我没有看出老怪与别人有什么不同，相反，我还看出他做事挺认真，以及待人十分憨厚和豪爽的那种劲我都很喜欢。跟他一起做事很放松，也很愉快，你想到的事和你说的事他都能圆满完成，加班加点时，从没有怨言，这是我最高兴的地方，唯一弄不懂的就是他怎么那么爱喝酒。

他爱喝酒的程度，可以用痴迷来形容。据说，几乎是每天他都想喝两顿，而且要喝个舒坦，不然就不尽兴。我知道他的这个情况后，开始想劝劝他，主要是怕他影响工作。可干一段时间后，发现他不仅没有影响工作，反而还干得蛮起劲。后来我就慢慢不提及这事，因为合作得比较愉快，也渐渐地喜欢上他的做事风格，并尽量去满足他喝酒的愿望。不管是加班，还是到市里参加活动，只要有可能的话，我都会让他喝上两杯。

因喝酒，老怪也闹出了不少的笑话，最有趣的就是那次喝醉后坐自行车的事。事情的经过是这样的，我们把参加市里活动的展板制作完成后，基本上是大功告成，自然那天晚上我们就去庆祝一番。

酒是喝到最高兴的时候放下的，大家的酒都喝到了极致，当然老怪喝得最多。喝完酒，我们就一起回家。那个时候小车很少，只有单位的一把手才能坐得到，我们大部分人都是骑自行车的上班族，而且男同志都是骑28的加重车，这样就有很多的好处，既可以带人，还可以带物。

我们骑自行车的人，几乎每个人后面都带着一个人。走到半道上，老怪喊内急，负责带他的同事在看到厕所后就停了下来，顺便自己也方便了一下。大家都完了事，就又各自坐回自己的车继续前行。走了好一段路后，同事的车超到我的前头，我一看就惊呼：老怪呢？同事这才回头见什么都没有，还说，我说这车怎么变轻了呢，原来是后面的人没有了。更难得的是老怪，待我们返回去找他的时候，发现他还在厕所的旁边。当时见他一屁股坐在地上，左手拿出火机，右手掏出烟，点了几次火才点着，在深吸了几口之后，又把左腿靠在右腿上，架起了二郎腿，并说，这车坐得怪稳当。

还有一次，我有一位朋友，也是原单位的同事，从省城回来，我就想尽地主之谊，请这位朋友喝喝酒。可我的酒量确实不行，但又不能不表现出我的热情，思来想去最后想到了老怪。

老怪真的很给力，不仅让朋友十分佩服，还把朋友带来的三个人也都喝趴下了。其间，他还照顾我，不是明着给我代酒，就是趁别人不注意的时候，悄悄地把我杯子里的酒倒到他的杯子里。有一回，事被朋友的朋友发现了，朋友的朋友想借此寻找突破点，老怪看出了他们的心思，于是"嘿嘿"一笑说，好！我自罚三杯。

是我把老怪送回去的。老怪的妻子见状，让我协助她，把老怪平放在沙发上，然后拿来一个盆放在老怪的身边，防止他不小心污染了环境。我一直在那儿表示着歉意，可老怪的妻子说，没什么，我已经都习以为常了。

第二天，我还是不放心，就打电话去老怪家问问情况。谁知老怪的妻子说，昨晚，上半夜时他总是在说喝酒一类的胡话，下半夜时，吐得厉害，且发现越来越严重，结果，就把他送去了医院。

后来，逢喝酒的时候，我都想办法控制着老怪，尽量让他少喝一些，生怕他又出事。我知道他当面时都说好、好、好！可背地里他说我有点"寒蛋"。

我曾经质疑过他的怪异，和他一起来帮助我们工作的另一位女士笑着说，你不了解他，我们原来是小学的同班同学，我是最了解他的。还是在上三年级时，有一次，我们班有两个女同学，在放学的路上，被高我们两个年级的男同学欺负，路过的老怪见后就冲了过去。但他根本不是对手，那时他又瘦又小，对方又大他两岁，其结果就可想而知。最终没想到他还是把对方赶跑了，他用被打破的头紧紧顶在对方的胸口上，直到对方服软为止。后来，他就有了"老怪"这个绰号，不过那个时候同学们提起他，都会竖起大拇指。

对于这一点，我深信不疑，因为我们也曾遭遇过一次。那是我们到市里参加活动结束后，需要留下来撤馆，撤馆时与人发生了摩擦。其缘由是，在布展的时候，当时负责保安的人员，在检查我们的消防设备时，发现我们只有一个旧灭火器，就硬要我们再买两个他们卖的新灭火器，我们不同意，就发生了争执。可胳膊扭不过大腿，最后我们还是买了。但是，到撤馆时，对方说他们少了一个新灭火器，说我们有一个新灭火器是他们的，说完就要拿走。我们又是争执不下，对方就摆出了一副我的地盘我做主的架势。这时老怪不干了，他顺手拿起一截木棍，一手把我拉到他的身后，对着对方说，怎么哪，要来横的是不是？对方见形势不对，就叫来一个大个，而老怪没有后退半步，继续说，你们是保护你们安全的，我是保护我们安全的，我看谁敢动一下？大个看看老怪的表情，又看看他穿着他们单位内保的衣服，再看看老怪那咄咄逼人的气势，心虚下来，率先打了退堂鼓，说，可能是误会了。

打那以后，老怪就给我留下了硬汉的印象。

可这个硬汉真的没有硬起来。没过两年，老怪所在的单位破产了，养老金缴到当年，以后的生活全靠自己。前些年，因为他们单位的效益不好，日子本来就过得很紧凑，这一下夫妻双双又都面临失业，生存的压力很大。在当时，靠文凭，他没有；凭技术，他是后勤人员；拼体力，他早已过了不惑之年。

还好，他还有写美术字的特长。那个时候，无论是墙标，还是广告，都需要在墙上写美术字，这样老怪的特长就派上了用场。莫说，老怪的美术字写得还真是到家，他写字从来不需要打线条和框框，不管什么字，不管多少字，伸手就来，而且写得不歪不斜，那种自如与神气，给了他很多的自信。

有一天，我在环城路办事，见一人正在一排高低不一的墙上写字。一把刷子，一筒红漆，以及简单的脚手架，构成了他的工作环境。还有他的身上、脸上也都沾了光，要不是他先喊我，我还真的没看出来是老怪。

我说，老怪，你又写到这里来了？！

他还风趣地说，是的，现在就靠给人写写墙标度日了。

我笑了笑又说，墙标也不是人人都能写，是需要一定手艺的，像我，就写不来。他只是"嘿嘿"一笑。见他很忙，我就说，好，你先忙着，改天我请你喝酒吧！

他说，那可敢情好！

靠写墙标度日终究不是个事，不说活不固定，且那些微薄的收入也难以糊口，更何况随着电脑喷绘的普及，渐渐地把老怪的一手好美术字也给废了，夫妻俩一商量，决定老怪该出去打工了。

其实，打工的路并不好走。单说体力活干了三天后，是老怪自己不辞而别的，毕竟是上了年龄的人了，肩和腰都不怎么听使唤，工头看他那样子也没再去找他。再说，想干一些轻一点的活，根本没有人要。流落街头的他，也只好四处游荡，看看有没有什么适应自己的事可做。

好事没有找到，却招来了不小的麻烦。那天，老怪在超市门口经过时，突然从里面冲出一个人，接着有两个人出来抓那个人的衣服。老怪心想，不好，遇上打劫的了。这时第三个人又冲了出来，眼看要从老怪的眼前一闪而过，谁知就在这时老怪伸出了一只脚，第三个人随即摔倒。可还没等老怪抽身，就有两个人上来一下把他摁住，好在老怪很机敏，三两下就挣脱逃跑了。那些人不放弃，玩命地追赶他，老怪也不是省油的灯，一口气跑出两三里地远，但还是被那些人围了上来。因慌不择路，老怪被那些人堵在了一处居民楼里。老怪想，得赶快脱身，不然会有更多的麻烦，随之就沿着楼梯来到六层楼顶，然后顺下水道管子溜了下去，没想到那些人就在管子口处等着。

当知道那些人是公安的便衣后，老怪的肠子都快悔青了，一切的解释都是多余，只等到犯罪团伙全部落网后，老怪才获得自由。

老怪再也没有心思在外面待下去了。

回来后，夫妻俩一合计，还得有一条生路，思前想后觉得开三轮比较靠谱，随后想尽办法，就买了一辆二手三轮车，车是破了一点，可拾掇拾掇还能用，从此老怪也就有了自己的专用车。

那天下班后，我到街上，想买点东西顺便带回去，正走着，忽然一辆三轮车一下停在我的面前。我有些纳闷，刚准备发问，见老怪把头从车里伸了出来，然后冲我"嘿嘿"一笑。我立即问，老怪，你什么时候回来的？他说，回来一个多月了。我又问，怎么又回来了？他接着说，是来看你的承诺兑现不！我说，兑现，兑现！今天晚上就兑现。我知道，他当时是在和我开玩笑，不过我是诚心想邀他聚一聚的。

我叫来了单位的同事，找了一个比较安静的小酒馆，几个人在那儿喝得非常畅快，到动情处时，老怪把他打工的事及平时不想说的话和我们说了一遍，听后我们都哈哈大笑一场。那一晚，我们喝的酒最多，说的话也最长。

后来我好长一段时间没有见到老怪，只是中途听说他开车与别人撞了，对方是个学生，为了避让，自己连人带车撞到桥的护栏上，好在没有生命危险，他也没让对方负担医药费，还和交警说是自己的责任，交警也就没再多说什么。

有一天上班的时候，同事跟我说老怪家出了状况，我问，到底是啥事？同事说，要不我们中午去他家看看吧！

从老怪家出来后，我就思考着祸不单行这个词，对于老怪来说，是再恰当不过的了。原来老怪儿子的身体本来就不行，好不容易给他送到安徽的一所学校上大学，可一年还没上下来，他的儿子又得了癫痫病，且反复发作。医生说还有加重的趋势，还说，这病不能操心、不能着急、不能生气。最终，校方只好通知家长，让家长把孩子领回家静养。

更没想到的是，没隔多久，一天晚上快下班的时候，同事跟我说老怪要请我们几个小聚一下。我立即反对，说他家庭那么困难，怎么能……可话还没说完，就接到老怪打来的电话，他说如果要是看不起他的话就别去。我没有再坚持，当晚我们把掏心窝子的话都说了，唯有老怪显得很安静。

仅仅过了三天时间，就传来不好的消息，老怪永远离开了我们。

　　我很长一段时间都在纠结，一直没有从这个困惑中走出来，我总是在不断地问自己：为什么呢？为什么前几天老怪他还要请我们吃饭、喝酒呢？

　　许多人都不得其解，都说出了 N 多个理由。但我觉得，他们说的都很勉强，唯有同事的那句话比较接近。

　　同事说，或许是老怪不愿意欠着人家。

破烂王吴师傅

　　"收破烂……收破烂……"

　　我搬到这个小区居住以后，几乎每天都是被收破烂的声音叫醒的。开始并不习惯，总觉得，是他把我的余觉给搅黄了，后来慢慢地调整、慢慢地适应，时间一长，也就自然了。

　　从严格意义上讲，这里不是非常规范的那种城市小区。原先，这儿只是小城的郊区，后因城市发展了，郊区也就变成了城区。不过，新的城区和乡村之间还是隔着一座桥的，桥的那头是繁华的城市，桥的这头是比较安静的乡村。我就住在桥的这头，感觉与城市没有太大的区别，有的只是少了一些喧嚣，多了一份宁静。

　　看着家里日益增多的破烂，那天，我特意起了个大早，听到"收破烂……"的声音后，就走出门去，叫来了收破烂的师傅。这时我才发现，原来收破烂师傅的腿有点瘸，行动不怎么方便。但看上去，他却很乐观，也很健谈。见到我后就说，大兄弟，好像你是刚搬到这里，有点面生。又说，我姓吴，老家就住这儿，以后有事就说一声。

　　一来二往，我就与吴师傅熟了起来，开始我还不好意思问他一些私人问题，倒是吴师傅先说。他说，他的腿是在一个工地抬石头时砸伤的，因当时没有恢复好，就急着下地干活，结果便落下病根。他接着又说，还好，没怎么影响走路，也没影响到生活。

　　看到他年龄偏大，又那么辛苦，我就说，你的孩子呢？他说，女儿嫁到外地，儿子小时口吃，没有好好读书，后来在村办企业上班，前些年企业倒闭，他就去了无锡打工。儿媳有哮喘，常年只能在家带孩子。我现在收点破烂，也好贴补些家用。

　　和吴师傅交往，没有陌生感，无论是在家里还是走在路上，他总是乐呵呵地先打着招呼，让你感受到轻松和友好的一面。最让人感动的是，他每次收完破烂，还会把周围收拾得干干净净。

　　可能是听惯了吴师傅的声音，有一段时间，没有听到了，反而不那么习惯。后来，我问小区熟悉吴师傅的人，怎么没见吴师傅来收破烂呢？他说：吴师傅的老伴得了胃癌，病得很重，去了省城医院住院，他在陪护。

　　时隔不久的一天早晨，我突然又听到"收破烂……收破烂……"的声音，我赶紧起来，把吴师傅叫到家里，本想问问他情况，安慰他几句，但话到嘴边，又没有说出口，只是说请他来把破烂收走。并说，吴师傅今天没有多少东西，你就不用给钱了。他说，那怎么行呢！虽然是个小本生意，但我也不能亏待你。我没好再多说什么，就到屋里忙自己的事情。事毕，我看见他收拾干净的地方，在一个小板凳上，压有十八元钱。

　　后来又有一段时间没有听到吴师傅的声音。那天，我下班路过小区门口时，遇到熟悉吴师傅的那个人，他说，吴师傅回来筹些钱，又带着老伴化疗去了。

　　转眼到了夏天，这个时候，我们大家都喜欢出来走走，一是凉凉风，二是散散步。没想到那天晚上，我正走到桥头边时，突然看见惊险的一幕：桥上，一条狼狗不知是在玩耍还是有意追赶一小女孩，小女孩见有狗追，吓得撒腿就跑，还边跑边哭，眼看狼狗快追上了，只见一男子飞快过去，一下把小女孩抱起并举上头顶。这时狼狗冲到他的面前，想用前爪去抓小女孩，由于那男子把小女孩高高举在头上，狼狗的前爪只好反复地搭在他的背上、肩上。小女孩的母亲和在场散步的人们反应过来后，齐心协力撵走狼狗，小女孩才得以平安。这时的人们，见那男子的背心、裤子已被狼狗抓烂，他的背上、肩上、脸上到处是血。我赶到时，惊讶地发现，那男子竟是吴师傅。

随后，110 和 120 的车都相继来到这里，大家一起动手，把吴师傅抬到救护车上。

一连几天，我都在担心吴师傅的身体，也不知其病情如何。周六的清早，我突然醒后，就想专心去听一听那熟悉的声音。可怎么听，都没有听到，我又拉开窗帘试试，但还是没有，只听到远处传来的隐隐的一两下汽车的喇叭声。

风　景

　　一些铭心的事，像蒲公英开过花后的种子，经岁月的风一吹，就能缤纷和飘逸，落进土壤里的会长成别人的故事，落进心灵深处的会摇曳成一抹美好的记忆。每当想起它们的时候，那些事就能芬芳起来。

　　而我是一个不太喜欢怀旧的人，更是一个不愿较真的人。虽然旧时或是儿时的一些事，也在心底像蜻蜓点水般掠过，曾激起过波澜或是火花，但我仍然不愿过多地去回忆。我知道沉湎于往事之中是一种走向老化的表现，同时也是对现实的逃避和拒绝。我还认为过于较真，是不明智的选择，因为它不光会伤到别人，也会伤到自己。通常我愿去找一个平衡点，寻一些闪光的东西或是值得恒久回味的东西，来填满情感上的留白和空间上的缝隙。

　　很多时候，人们并不理解我的行为，总是拿看外星人的眼光来看待我，他们看我的目光很物质，甚至是用金钱来权衡我说出话的分量。我总是淡然一笑，我知道很多事情不好解释，也不需要解释，你解释什么呢？是你的主张、你的行为，还是你的生存方式？

　　有时我也在想，世上的事情就是这样，每一件事它都具有双面性和多重性，关键是看你怎样去认识和理解。要是你细心一些就会发现，如果尝试着用一颗感动的心去看待这个世界的话，那么你获得的除了赏心以外，就该是悦目了。这个想法，是我在沐浴着初冬太阳的光芒以后所形成的。

那天，我就坐在位于第九层楼自家套房的阳台上晒着太阳，这个时候日光可以用很多温婉的语言来描述，比如暖和、温馨、舒适和惬意等等。那一刻，会让人产生许多忘却，能忘却纷乱的尘世，淡去一切烦恼。就连我身边的这座城市，以及城市里的小桥、流水、高楼、河柳和穿梭如蚁一样的小车，在这个现代文明的城市里所构筑的和谐与美好，都在我的情感深处贮存成一个固定的模式。我不去理睬，也不去想象，然后闭上眼睛，随阳光尽情地播撒，让思想处于单一和宁静。之后，再把生活中的某一个细节放在思想的交锋处，进行揣摩和拷问。

阳光并没有因为我的思考而停下片刻的普照，依旧撒下源源不断的热情，我仍然是用一种姿势或是一种状态去接受。在这种情况下，最容易让人想到回归，甚至是可以回归到原始状态下的本质。这时没有竞争、没有压力、没有尔虞我诈、没有小人的嘴脸，有的是简单和平静，这样就可以想一些朴素的事情，或者是最受感动的事情，就像丽日的海面上，微风推出的那些星点浪花。

父亲住院了，消息如电流一样穿过我的脑海。因为父亲已经年迈，因为父亲是被人撞倒的，这无疑让我的那根绷紧的神经一直没有得到缓解。我赶到时，父亲已被送到病房，初次检查的结果是颅内颅外出血，当时的那种危险程度是可想而知的。接下来就是陪护、焦急和等待，这事让我们兄妹的心都提到嗓子眼上。说实话那种等待是揪心的、是难耐的，它不像友情、爱情之间的那种等待会充满着希望与美好的基调，也不像开会前的等待散发着好奇和神秘的色彩，而这种等待着实让人产生惘然。

不过我觉得这种等待的过程，也是亲情和爱的一次集中展示的过程。在这期间，我们兄妹都在医院里轮流值班、轮流看护，结果，尽孝、尽职、尽责都在医院里完成。

　　几天几夜的紧张过后，父亲已经度过了危险期，我们也如释重负，最重要的是思想上放松了下来，就在那一刻，我才真正理解了思想上不背包袱的涵义。

　　记得是已确定父亲没有了危险的那天早上，我在医院里陪护了一夜父亲后，就准备直接去单位上班。走在清晨的大街上，心情格外地畅快与爽朗，我承认当时有天气晴好的因素，但更主要的是没有了精神上的负担。

　　这个时候，时间尚早，街上的行人并不太多，忙碌的身影只是那些开店的人们。可能是好心情的缘故，竟感觉到一切都是那么的完美与协调，一切都是那么的有序和自然，接着我就情不自禁地边走边仔细地欣赏起来。

　　开早店的生意正是红火，不说那流动的人了，就连那四散的蒸汽和飘荡的香味，都使人忍不住向那里张望。最可敬的该是那些身着黄色服装的清洁工们，她们把每一片树叶和每一张纸屑以及灰尘都扫进垃圾桶里，然后用车拉走，在她们的身后，是一直保持着洁净与舒畅的马路和大道。

　　要说晨练的人们，是城市的一道风景线，一点也不为过，因为统一着装的男女，在那儿整齐划一地练着不紧不慢的拳路，丰富的不仅仅是我们的想象，也有我们对健康生活的追求。

　　很招眼和让人感动的，则是那位渐渐向我走来并在晨练的残疾人。我所看到的是他的左脚不能像正常人那样行走了，但是没有看到他用双拐作为支撑，有的是他艰难行走的样子。让人难忘的是他那种行走的方式，他用一根绳子套在左脚上，用双手拉着左脚一步一步地在挪。我不知道他生活中遭遇了什么，也不知道他的原因如何，更没有想窥视他隐私的意思，只是觉得他的行为非常地特别。

　　当他走过我的眼前时，我看到他的脸上没有丝毫痛苦的表情，反而有着坚强和沉稳的步子。看他走了过来，我就退到一边，然后静静地看他远去的背影。我想，或许他是在做着康复训练，或许他是在与生命抗争，或许……但我只能说，在这样一个清晨，我看到了一位残疾人走过的不平人生。

那背影淡出我的视线之际，我就陷入深深的沉思，结果那种行走的方式，一直在我的眼前挥之不去，以至于在我的思想深处构成了一个情结。

打那以后，这个景象就装进了我的脑海，那里面有的不仅仅是一种姿势，还有一种积极向上的精神。

可在残疾人的行列里，让我觉得最无助的该是盲人，他们不光看不到赤橙黄绿青蓝紫的色彩，也看不到太阳所折射出的光环，那些如花朵般的美好，只能靠想象去完成。至于暗送秋波和两情相悦的事也只有用直白来表达，一点也没有了柔情和蜜意的意思。这些感受的形成，都来源于我邻家的那位盲人大哥。

我搬到这个小巷子居住的时候，几乎每天都能看到盲人大哥和搀扶他做向导的女子，他们每天都是那个方式，每天都是那个时间在巷子中走过。盲人大哥总是用左手搭在女子的肩上，紧跟在女子的身后行走，他们走过巷子时像运转的机器一样准时。一般情况下他们都不说话，就连盲人大哥去公厕时都不用说，只是女子走到公厕门口时停了下来，盲人大哥自己进入男厕，随后两人又向街上走去，消失在茫茫的人流中。

开始的时候我并没在意，后来我发现每一次在那个时间点里都能遇上他们。有一天，我去一个单位办事，正好与他们同行，结果就看到了他们的秘密。原来，他们来到横穿城市的一条小河边，就站在桥头下，女子让盲人大哥独自一人站在那里，可能是想让盲人大哥呼吸新鲜空气，也可能是想让他听听河水、听听流动在桥上的行人和车辆，以及感受一下在河岸公园边做锻炼的人们。

后来经打听才知道，盲人大哥和那女子是俩兄妹，两人父母去世得早，只有俩兄妹相依为命。前些年，有人给盲人大哥提过亲，但见面以后都没了下文。也有人给女子介绍过对象，可当知道女子唯一的条件就是带上盲人大哥时，所有的男子都退步了。结果两人都一直单着，曾经盲人大哥想到过轻生，但妹妹的语言和泪水让他打消了念头，从那以后兄妹俩就过着像钟摆一样的生活。

可是不仅好事没有眷顾他们兄妹，还把厄运带给了他们。那天他们兄妹刚走到桥头的转弯处，一辆飞驰而来的小车撞向了他们，在危险来临之际，弱小的妹妹用所有的力气推开了哥哥，自己却倒在了车轮下。

当这个世界上亲情和爱情都远离盲人大哥以后，他却坚强地活了下来。所不同的是，他独自一人用手杖敲打着不平的路面和未知的事物，依旧沿着妹妹送他的那条路行走。然后他来到桥头，就站在那里，用心去感受流动的河水、奔驰的车辆以及行走的人们。

或许这是一种生存的方式，也或许是一种表达的方式。不过我想，这种方式不仅在告知着世人，也在告慰着九泉下的亲人。

崇尚朴素的情感，尤其是那些感人至深的情愫，是我一贯的主张。这不仅仅是针对故人，更多的时候是对待现实中的人们，因为由亲情、爱情、友情等组成的情感，可以给予我们许多的动力和源泉，也能给予我们温暖与支撑，让我们享受其中。但有些时候的情感没有成本、没有理由，有的是解不开的情怀。这是那天论坛的一次活动，给予我的又一个启示。

那次，和论坛上的网友们一起去了樱桃沟，想在那里看看风情万种的樱桃花开。到那里以后，我们看到了春天的调色板上，大自然在樱桃沟这个地方浓浓地抹上了一笔，结果一条沟下来漫山遍野都是花的海洋，我们这些人像蜂、像蝶一样趋之若鹜，欣喜若狂，个个都成了花的粉丝。

更有细心的人，还邀请了老年艺术团的演员们来参与。戏台就搭在花树的边缘，不仅省去了美工和舞台布置，而且显得更加地和谐，看上去戏里戏外是融为一体的。不知是演的投入，还是看的高兴，一时间我们都忘却了自我。

我特意站在离戏台最边远的位置，一边看着花开，一边看着戏台上穿着粉红色戏装的演员们在演戏。此刻，我承认我没有留意她们演出的故事和情节，但我敢确定她们的一招一式，以及如在水上般的行走和如蝴蝶一样扇着翅膀的舞扇，都让看戏的人留下深刻的印象。

这时村里的人们都来看戏了，男男女女，老老幼幼，不过最多的还是些妇幼和老人，他们步子很缓慢，但都面带桃花。开始的时候他们很好奇，说这是做什么呢？当知道是演戏时，大家都很乐意地过来看演出。

我不断地腾出位子，想让村民们尽量往前站一站，那样他们会看得更清楚一些。有时我也会和他们聊上几句，慢慢地彼此之间都没了陌生感。

就在我不经意间，一回头我看到了很受感动的一幕。一双年迈的老人，迈着蹒跚的步子，行走在樱桃花掩映和一塘春水陪衬下的塘埂上。走在前面的是一位老妇人，走在后面的是一位耄耋之年的男子，最有趣的是老妇人用一根竹棍拉着那位男子行走，他们不是搀扶着，也不是手拉着手，而是用一根半米多长的竹棍拉着对方，这让我感到非常地好奇。于是，我就问起了和我聊得上来的那位村民。

村民说，那是老两口，不过他们很有意思。从前那男子还是大队的干部呢！妇人比他小好几岁，但不知那男子为什么，在年轻的时候对那妇人一点也不好，整天几乎不落家，家里就靠妇人一人操持着。也有人问起过那妇人，为何那样让着男子呢？妇人说等他累了就不折腾了。可真正不折腾的时候，那男子得了小脑萎缩病，这不，这老妇人又成了他的拐杖和牵手了，不过现在老妇人走到哪里都把男子拉到哪里，没想到今天又把他拉来看戏了。

我仔细地打量着这两位老人，没能从他们身上看出多么深奥的道理，只看到了他们拉手的形式。我在想，或许这是相濡以沫，也或许是生活中的无奈，我对他们的生活没有任何评论，因为我不知道个中的缘由，但可以肯定的是，他们的拉手形式，已深深地定格在我的脑海之中。

当两位老人走近我时，我不仅自己靠在一边，还主动地为他们分开通道，让他们尽量走到戏台的前面，好更清楚地看到台上的人们在演戏。

"叮咛、叮咛、叮咛……"是我手机的铃声把我叫醒。唉！我只能说，现代生活的水准，已经无法让你回到原来的平静。

颈椎病的理疗过程

　　我平生第一次突发紧急情况，是颈椎病引起的。当时，让我手足无措，惊恐万分，至今想起，心中还在打颤。记得那是到省城参加一项文艺活动，晚上住在宾馆里，看到柔软的床上，放有两个枕头，试用一个时，略有些低，把两个都放上又有些高。可能是高枕无忧诱惑了我，结果，在第二天早上一睁眼时，就感觉一切在旋转，整个身子都不大听指挥，好像到了世界末日似的。镇定之余，急忙向室友求助，室友赶紧把我送到就近的医院寻医。一切必要的检查做完以后，医生写下三个字：颈椎病。

　　我急切地问医生，为什么会突然得此病呢？医生笑笑说，这不是突然，是必然，这与你长期的不良习惯有关。

　　我没弄清到底是哪些不良习惯造成了后果，但我却知道，从此，这颈椎病像幽灵一样，没完没了地缠上了我，让我受尽了折磨。在痛定思痛之后，我考虑不能再这么让它欺负下去。于是，我就寻找、研究起战胜颈椎病的办法。先是从网上搜来一些相关的资料，细心研读，从中寻出一些有用的东西。再者，托朋友找多名专家问诊，我就不相信寻找不到一条对付它的途径。然而一切的尝试，都不尽人意，除了朋友戏说的那种"投降式"牵引疗法外，其他皆没有什么实质性的效果。最终，经多方咨询得出的结论是，理疗的效果会好于其他治疗。

就这样，我踏上了漫长而又艰辛的理疗之路，从中也编制出一套属于自己的颈椎操来。

首次引路的，是一友人。那天，他来家里看我，听我道出颈椎不适的苦处后，便哈哈仰面一笑，看情形，既有同病相怜，也有幸灾乐祸的意思，说，我曾经历过，不过已经缓解。并说，我有一法子，保你好用。接着，他就对我语重心长地这般了一番。

他说，颈椎病主要是长期低头、哈腰、盯屏造成的，只要你抬头、挺胸、望远，坚持一段时间，改掉你过去的一些坏毛病，病情自然会转好。说完，他就站在我家院里，对着天空，现身说法。他说，这个方法是抬头望天，分三次，每次三分钟。第一次看天，看得越远越好，看湛蓝的天空、看云展云舒。看着看着，心畅了、气顺了，气结也就容易打通了。这通则不痛、痛则不通的道理，你是知道的。第二次看天，看中段，看蓝天中的白鹭飞过，也或是大雁。看它们冬向南飞，夏向北去，你的眼光随候鸟迁徙的身影不断移动，直到消失。所看到的不仅仅是灵动与美感，还有诗意和远方。第三次看天，就看你眼前的桂花树。你看，树叶的青绿，会滋润着你的视野，露珠上的晶莹，珍藏着的，不仅有鸟的声音，也有着花开的憧憬。这一刻，你会忘掉许多，自然也就会收获许多。

可是，对此疗法，有人持不同的意见，这个人是我的一个远房亲戚，也是一位饱受颈椎病困扰的人，他的说法好像自有道理，与他的交谈中，得知他的核心理论就是"左右逢源"。

他说，颈椎病的理疗，不可单一看天，还要兼顾其他，不能像洋鬼子下操——只顾眼前。颈椎病的成因，在于目光只往前看，不去看两边风景，更不愿去看后路。长此以往，身子硬了、眼睛直了、脖子僵了，亚健康的生活也就形成。针对这一情况，他就制定了这套扭脖操，并告知我，其规范、要领和注意事项是，站立姿势完成后，头，用力向左侧扭，之后向右侧扭，来回坚持两分钟时间。那情形，就像小孩摇拨浪鼓一样。然后，再做头部向左偏和右偏的动作，各做两分钟。这样做，讲究的是对称、保持的是中立，其目的，是使颈部能灵活自如。否则，长时间下来，不光容易出现扭颈的现象，还会落下偏头痛的习惯，那样就得不偿失了。

他还说，这个操的另一个好处，就是有氧运动。他怕我不懂，就打个比方，说小鱼在水里不动了，只要你拿住它的尾部让其左右摇摆，立马它就能活过来，这种摇头摆尾的方法，就是有氧运动。其实，对于这个，我是知道一二的，二十多年前，经朋友推介，我买过一台摇摆机，后来听说那是最早的传销活动。不说我花了 2680 元，买了一台只需五六百元的东西，就说那个放在脚脖处不断摆动的机器，别的没让我感受到什么，只是让我知道了啥叫有氧运动。

事后多年，每逢做这段操时，脑海里还会闪出"有氧运动"这个词来。不过，我在做的时候会特别认真、特别用心。

不是说，所有的理疗过程都靠别人来传授，有些时候也需自己去揣摩。譬如"前冲后和"这个动作，就是我受舞蹈《俏夕阳》的启发而得来的。只不过是我把它的频率和次数做了一些改动，就适合我颈椎操的节奏了。

那是 2006 年，央视春晚演出的舞蹈《俏夕阳》一下火了，红遍大江南北，舞台上 12 位老人与 24 个小孩的精彩演绎，让很多人倾倒，特别是硬朗老人与可爱小孩的衬托，绿色与红色服装的搭配，以及他们把机械舞、"江南 style"、"航母 style"都融合到了皮影舞当中，使表演更富视觉冲击力和审美效果。

而我，从中不仅欣赏到高水准的艺术，同时也寻得了治疗颈椎病的好办法。感觉，那颈部"前冲后和"有些夸张的造型，再配以摆手、扭腰、行走等动作，完全是在为颈椎病的医治，提供一套最佳的理疗方案。我如获至宝，便把舞蹈列为我最喜爱的春晚节目之一，把那套动作编入我医治颈椎病的理疗操中。

"抻颈合骨"这一节，我是从电视上学的，当时看到，中央电视台《远方的家》栏目组记者，在采访一寺院的武僧，不仅亲眼目睹了他徒手走壁、快速飞檐的奇功，还见到武僧告诉记者，在生活中用锻炼来治疗颈椎病的方法，那就是两个字：抻与合。

抻，简单地来讲，就是拉长东西。合，即闭合。通过上下反复拉长、闭合，使颈椎功能得到逐步恢复。一方面，可预防颈椎长期劳损而导致的骨质增生。另一方面，也可抑制椎间盘脱出形成的韧带增厚。还可以减轻颈椎脊髓、神经根或椎动脉受压，从而确保颈椎功能的灵活与流畅。

而抻与合之间，不单单是可以医治颈椎问题，还蕴含着许多哲学的道理。抻是为了更好地合，合是为抻做准备。光抻不合，容易居高不下，拉伤自己。如果只合不抻，则会产生涣散与懦弱。抻与合既是转换，也是互补。就像大丈夫能伸能屈一样，伸能顶天立地，屈可以忍胯下之辱，这样做才能立伟业、成大事。

"摇头晃脑"这个环节的理疗，我是从书上看到的。书上说，有些人的内耳迷路不能很好地适应和调节机体的平衡，使交感神经兴奋性增强导致神经功能紊乱而产生晕厥。还说，人体内耳里是由两部分组成的，一为耳蜗，主司听的功能，二为前庭，主司人体的平衡功能。人的前庭功能不都是一样的，如飞行员，任你在天上转十八个圈子也不会眩晕，而有的人之所以容易晕车晕船是因为前庭功能敏感，对正常运动过分反应。

为了解决颈椎引起的眩晕问题，尽量适应机体的平衡，我就把"摇头晃脑"设为一个理疗环节。其动作要领是，左摇一分钟，右摇一分钟，然后是做简单的颈部按摩。按摩的方法是，将十指交叉，放在颈部后方，轻柔地摩擦颈部，连续按摩60下，或直到颈部发热，并有舒适的感觉为止。

另外，像拍肩颤筋、双臂运动、扭腰还臀、踢腿缓骨、摆手振腰、跐脚提颈等动作，也都各有优势，它们既有舶来的，亦有自己的心得。这些动作的练习，加以其他形式的辅助，这样一来，也就完成了颈椎病理疗的全部过程。

　　后来，我把这些方法，编成了早操课，认真研读和实习，时至今日，还在继续操练中。

　　不过，在我每天做这些操的闲暇之余，也会去考虑一些别的东西，比如颈椎病的形成等。我知道，这是我犯错误后留下的，不过没有想到体罚得这么严重。过去，我只知道在社会上是不能犯错的，那些法律、道德、制度等一直约束、规范着人们的行为，不管你犯哪一条错，都会得到相应的惩处。谁承想，身体也是这样，原来你虐待、伤害，以及不良的习惯，都是会付出代价的，轻以疼痛、眩晕，重以更大病状来告诫。看来，是该警醒了，否则，身体的其他部位也会出毛病的。这个事实让我清楚地知道，只有遵循规则，善待自己，才能成为一名健康的人。

　　好在我的觉悟，还不算太迟，并没让自己造成大的伤害，这或许是颈椎的毛病给我提了个醒。

　　现在，可以肯定的是，颈椎病的病情已得到基本控制，一切都在朝着好的方面发展。

习 字

　　单位撤销时，我办公桌里的东西几乎都没拿，唯独拿走了我平时习字时，写下的自己比较满意的几幅字，算是留存了对当初单位的一点念想。后来搬家时也没把这几幅字落下，到如今，这几幅字还躺在我的书柜里。

　　偶尔，我在书柜里翻书时，会翻出这些字，每逢细读，总觉得，这些字依然亲切。

　　说实话，对于我所写的字，真的不好称谓，思来想去，感觉还是叫习字比较妥帖一些。我想，习字是相对于临帖而言的。一则是，我的习字，登不了大雅之堂，纯粹是自娱自乐之用，不像是临帖而形成的书法，书写装裱之后，是可以高高挂起的。二是我用的笔是钢笔，而临帖用的则是毛笔。钢笔的书写不受场地等诸多因素的限制，显得随意一些。可临帖，是需要规规矩矩，长时间不间断地临写的，只有这样，才会收到效果。这里面除去天赋以外，剩下的那就该是勤奋了。三是结果。习字是为了好看，而临帖到最后就成了艺术。

　　我总琢磨，作为书法艺术，它的讲究会是挺多的。原先，我就在想，为什么别国的文字成不了艺术呢？后来我想到的是，或许这是中国字的特点和中国传统审美情趣所决定的。中国字的结构独特，寓意丰富，变化多端，是五千年文明流传下来的记忆和符号，这是别的民族所没有的。另外，大多中国人都比较含蓄，寻求的是韵味，不太喜欢太直白的东西，比如中国画所留下的空白、中国宣纸与墨汁所形成的水墨浸润、中国民歌的点到为止等。那种空间，就是让人回味、就是让人有无限遐想的余地的。这可能是中国文化与西方文化存在根本不同的地方。

常常我还在想，一手好字，就像人的脸面，不仅能扮靓自己，还能温暖他人。但怎样好看，才会给别人留下深刻的印象呢？这是我长久不断思考的问题。后来经过分析，觉得影响我成不了书家的原因有太多，有时也让我很唯心，甚至还想到了我的祖上。从遗传的角度来讲，我没能继承到先辈的书风，是因为他们三代以上都是农民，常年只与农具打交道，他们扛得动比身体还重的物，却拿不起半两重的笔。我也没能寻找到，适合自己成长的书法土壤。我周围的人，个个能说会道，但都不习惯拿写字来说事。那天，只听二叔说过一次，二叔说我的小爷爷是有机会的，但他没有很好地把握。用太爷爷的话说，是枉费读三年的私塾，文没识三斗，字也写得像鸡爪子爬的一样。结果，误的不只是一代人。

好在到了我这里，已经认识到习字的重要性了。

可认识归认识，到实践还有很长的路要走。不过，最终我还是下定决心习字的，这让我身边的人都感到意外。

我习字时，是让很多人大跌眼镜的，原因是我没有文房四宝，更没有临习用的字帖。一位戴眼镜的老先生，那天去我办公室处办事，见我习字没有传统的笔墨纸砚，就说，没有帖，这是练的哪门子的字啊？言谈举止中，对我的书写流露出不屑。

要说，我是有帖的，只不过，我不是唯字帖是从。

通常，我习字的办法，是读字和研字。读就是读古人的字帖，读它们的笔顺、读它们的间架、读它们的走势，一直读到自己认为懂了后才会放下。那个时候，我读了许多的书法帖，不敢说烂熟于心，但可以说是过目难忘。以至于，我看到不管是哪个书家写的书法，从一个好的、规范的字，就能说出这个字的写法是出自哪个朝代、哪个书法家之手，还可以说出那个碑帖的名字。

　　研字，就是细心地研究，反复地练习，追寻它的规律。祖先们在创造字的时候，是充分考虑其因素的，同时也赋予了字很多的内涵，书写时应遵循它的特点。比如写"人"时，首先想到的是，人是行走的，但走法有所不同，前脚要抬得起，后腿须跟得上，要形成大步、稳健、平行、有力的行走姿势。如果，长短不一，人就瘸了。要是放不开，人就显得拘谨和小气。在写法上，下笔要有力、运笔要平稳、收笔要快捷，一气呵成，绝不能拖泥带水。再如"半"字的写法，主要是看笔顺，行书的书写讲究的是连笔，虚与实之间要有内在的联系，上下之间搭配得要合理，但不需要面面俱到，只需一笔带过，不然会画蛇添足，这样的写法既省力，又可以达到事半功倍的效果。还有如"之"字的写法，在写脚的时候，有时是向前延伸的，有时是向后回锋的，关键是看整篇布局的和谐性。另外，在同一幅作品里，如出现相同的"之"字时，那就要写出不同的写法，寻求的是灵活多变。否则，写出的字没有书气而只有匠气。

　　习字，对我来讲，是个细活，它极像江南绣娘手中的绣品，是马虎不得的。我懂得，心若长草了，收获的一定会是稗子。所以每次我在习字之前，都会做好准备工作，首先是净手、静心，接着是打扫地下和桌面的卫生，等这些都做完后，再一笔一划地认真练习。这个过程，像绣娘们喜欢装束和用心绣制一样，在她们飞针走线之前，总是爱穿着清一色的青绿色或是蓝花色的衣襟，头戴同色的丝巾，步履轻盈，仪态优雅。然后三五个一组，七八个一群，各自绣出一个个鲜活而又有寓意的作品。她们图的是一个愉悦的心情和对自己人生有个美好的期许。而我，则是对文字所产生的虔诚和敬畏。

　　很可惜的是，我的习字要么没有得到要领，要么没有学其精髓，要么没有那种气势。王羲之的洗笔把池子都洗黑了的传说，和"入木三分"的故事，曾经激励过我好一阵子，那时自己也信誓旦旦地要以"书圣"为榜样，决心练出点名堂。但多年的磨砺使我还没有触及到皮毛时，就败下阵来，自己给自己的台阶是，我没有那么多的时间、精力和笔力，就这样为自己的平庸找好了借口。

有时候我也在寻思，李世民为什么会把自己的"民"字多写上一笔呢？是他帝王的霸道、君主的气度，还是驰骋疆场，信马由缰惯了，亦或是他的故意为之，这些都不得知晓。唯独可以知道的是，虽然书法作品里常有多笔的惯例，但草书多写上一笔的"民"字写法，流传下来的，却只有他一人。

说到气魄，在我的心目中，那也只有毛泽东了。他的博学和多才，为世人称道。可他的书法更显出其个性，他所书的"四海翻腾云水怒，五洲震荡风雷击"联句，刻制在当时我们那里唯一的百货大楼两侧，让我仰视了多年，品味了多年。从他的字里行间，可以看到他的出众与不凡，那里面既有别具一格的放纵，也有他对书法的理解和书中的自我，更有"指点江山，激扬文字"般的豪情。直到今日，"毛体书法"仍有众多的追随者。

许多年以前，庞中华的出现，使人对钢笔字有了新的认识，可以说也是对钢笔字的一次推动和创新。那些年，学者之众，让人难以想象，其场面，可以用盛况空前来形容。当时我也受到过影响，曾为之而欢呼。但潮起迅速，潮落也快，后经分析，衰落主要是由于时代因素造成的，其中与他写钢笔字时有些机械也不无关系。

在我习字的整个过程中，我一直想追求一种境界，这种境界就是让所有人都能接受我的字。我读帖的目的，是一种继承，也是想让书家在我的字中能看出帖的味道来，最起码不能说我是门外汉。对于普通的大众而言，则是要写出流利和好看的字，让人看了比较舒服。这两点我都尝试、研习、努力去做了，只是收效不太理想。

其实，我习字的启蒙，要追溯到我的初中时代。记得还是上初二时的下半年，我们班调来一位新语文老师，在黑板上，他一改其他老师过去那种软绵和潦草的书风，而是写出了潇洒、漂亮、标准的楷体字。当时，让我的眼前为之一亮，感觉到每一个字好像都能站立得起来，也像是在与我们对话。那一刻，他一下点燃了我习字的兴趣，随之，就留下了挥之不去的情结。

而这些年，一提到习字，很多人都会不屑一顾，因为电脑的普及和运用，让习字这个事情变得简单了许多、苍白了许多，只要在键盘上敲几下，字就出来了，何必还要习呢？在这时间就是金钱、就是效益的时代里，习字就变成是奢侈和浪费的一种表现。再说，你要是当作怡情，别人会用看傻子般的目光看你；你说是练功，没有一个人愿意去相信。原因很简单，有谁还会跟金钱过不去呢？

还好，书法的价值在不断地攀升，让习字似乎有些希望了。

可后来想想，我习的是钢笔字，这是最要命的事，钢笔字到底属不属书法范畴，这个问题一直在困扰着我，也就是说，不知该怎样去界定我所习的字。说是书法吧，确实有点勉强，说是"写大字"呢，我心里还是有点纠结的，原本总想与文化沾点边，也好算个半拉子文人，或者入个协会什么的，以后称家方便一些，不然面子上都过不去。好在，自己最后仔细瞅了瞅我所习的字，觉得还是有那么点艺术成分在里面，想到如此这般，心也就顺畅多了。

"写大字"一说，是俺老表给概括的。他说叫书法你没有用毛笔，那凝神、运气、行走的招式，哪一样都没见你下过功夫。叫写字，你曾经也劳神费力地练过一段，得不到肯定也不能否定，还是叫"写大字"比较适合。后来叫着叫着也就叫习惯了，从此，在俺老表面前，我也没怎么改口。

不过，无论是在人前，还是在人后，俺老表总是对我的习字进行评论，可以说是褒贬不一，对于他所说的话我习以为常。可是，他形成文字，也是唯一的一次对我的习字进行全面阐述的讲法，我比较喜欢，尤其是他总结性的那句话，至今记忆犹新，他说，从我的习字总体来看，是与书法一脉相承的。

有了这句话，如今想想，我的习字也值了。

一首小诗与三封来信

在人生的长河里，总有那些铭心的事，让人难以忘怀，它们好像是一坛坛陈年的老酒，经过岁月的酿造和时间的推移，就越发变得醇香四溢。每当我们开启那段记忆时，醉人的芬芳，便扑面而来。

我与当年《人民日报》文艺部副主任石英老师的一段没有见过面的交往就是如此。

那是九十年代的初期，作为一名年轻的作者，我也投入到了文艺青年的行列。当时，热情高、干劲足，总想把自己的作品发表出来，去赢得更多人的认可。但是，往往事与愿违，除了偶尔在一些小报上露露脸外，基本上是，没有什么收获。

记得，一个星期天的晚上，我在家里看电视，无意间看到了我非常喜欢的节目，一台大型诗歌朗诵会的现场直播。可以说，我是如痴如醉地看着。其中，有一首诗朗诵，使我印象更加深刻，他那魁梧的身影和有些磁性的声音以及富有激情的朗诵，让我情不自禁地去看视屏上的字幕，只见那上面写着，朗诵者：石英，《人民日报》文艺部副主任。从此，我就记住了这个名字。

后来我想，石英老师既然是《人民日报》文艺部的，为何不把自己的作品寄给石老师指教呢？但转念一想，自己的水平有限，老师又是中央一级大报的主任，他一定不会看我自己的作品的。最终，还是年轻人的那种冲劲占了上风。

我挑选了三首散文诗，又重新修改、润色后，投了出去。接下来，就是耐心的等待。

对于写作者来讲，投出的稿件，有如农民在春天里种下的种子，都希望它们能发芽、生根、开花、结果，其等待的过程虽然漫长，但也充满着期待与美好。可是，绝大多数的时候，我投出去的稿件都会杳无音信。在等了一段时间后，我想，这次又该是黄了。

也就在我将要放下的时候，我收到了一封来信。一看，是《人民日报》寄过来的。当时，我急切地打开信封，见是石英老师写的，内容是："祥涛，你好！前段时间因病住院，没能及时回信，请见谅。稿子待确定后再告知你。"这对于一位无名业余作者的我来讲，岂止会是原谅，而是莫大地感动。因为，我觉得，老师不仅给了我有力的支持，还给了我足够的信心与勇气。

过了一段时间，我又收到第二封信。初看到那鼓起的信件，我的心像泄气的皮球，依经验知道，那肯定是退稿来了。曾经，在我众多的投稿过程中，也收到过几次。不过，很快我又有新的想法。我认为，这也是值得高兴的事，毕竟收到了退稿，还是大报给退的。当打开信封后我看见，稿件确实退回来了，可细看时才发现，是退回来了两首，另外一首被石老师用剪刀裁下。再看信时，见石老师说：我们的稿件太多，只能选一首备用。读到这封信，我真的很开心，既高兴自己的作品有希望发表，又感动于石老师的认真和细心。

收到第三封信时，是与样报一起寄来的。我撕开信封，见我的散文诗发表在 1992 年 8 月 17 日的"大地"副刊上。石老师还附上了一封信，信中说：大作发表，向你表示祝贺！随信寄上两份样报。祝，好！石英。

说实话，一首小诗，能收到石英老师的三封来信，真的给了我很大的鼓舞，这不仅仅是发表一篇文章，而是扬起了我创作上

的风帆，让我有了远航的自信与方向。后来通过努力，我又在
《光明日报》《经济日报》《天津文学》《雨花》《延河》等众多的
报刊杂志上发表作品，还出版了四部作品集。可以说，是石英老
师的肯定和鼓励，才使得我有了前进的动力，如果没有石英老师
的三封来信，就没有我现在的成绩。

　　但遗憾的是，由于多次搬家，不慎把那三封信的手稿给遗失
了，不过，那些来信的经过与内容却永远铭记在我的心中。

后　记

　　开始的时候，我是写诗歌的，可以说那时我的诗歌创作也达到了一定的高度。在全国许多的报刊上，包括中央一级报刊在内，都发表过我的诗作。但后来由于多方面的原因，我停下笔来，这里面有生活的原因、年龄的原因，更多的还是诗歌本身的原因。

　　当我再次拿起笔来的时候，就开始写散文了。通过多年的写作，我感觉生活就是最好的老师，它教会了我很多东西，有情感的、励志的、感悟的等等。生活是个大课堂，只要你用心去学习，就能学到更多的知识。

　　这是我的第四本散文集。编过之后我就在想，是该坐下来休息休息了，不为别的，就是想让身心都得到休整。从身体角度看，视力和脊椎都不让我操劳过度。从文体上看，散文变化较大，特别是"新散文""轻散文"和"在场主义"等散文的介入，使这一文体鲜活了不少，如何让自己也能适应乃至把握和运用，是需要充实、调整和潜心学习的。

　　在我今后的创作过程当中，一定会坚持向生活学习，用自己的勤奋和思考，写出更多更好的作品，来回报给社会。

　　这个集子的出版，要感谢的人很多，首先感谢的是张海君先生，是他给我提供了这次机会和平台。同时，也要感谢出版和成书过程中的各位编辑，及一直支持和帮助我的亲人与友人。

真诚地希望读者朋友们多提宝贵意见，以便我在今后的创作中改进和提高。

乐祥涛

2024 年 7 月 18 日